Sandra Flück

Nice to meet you/me

Wie Begegnungen unser ICH formen

AF282351

Sandra Flück

Das Leben hält Vieles für einen bereit – bereit ist man trotzdem nie.

Im Sommer 1993 wurde ich geboren, ging pflichtbewusst durch die obligatorische Schulzeit, entdeckte als Aupair das Welschland, absolvierte eine Lehre als Uhrmacherin mit lehrbegleitender Berufsmatura und nutzte diese Matura später um zu studieren. Heute bin ich Medizintechnik Ingenieurin.

Schon früh habe ich bemerkt, dass ich eine Träumerin bin. Das war mal schwierig, mal schön. Ich konnte immer Vieles und mir fiel es schwer mich für «das Eine» zu entscheiden. Heute geniesse ich diese verzwickte Eigenschaft, sie lässt mich Neues entdecken und fordert mich - sehr - heraus.

Durch den Sport habe ich oft bemerkt, wie wirksam Inspiration sein kann. So habe ich versucht, dies auf mein alltägliches Leben auszuweiten. Bis ich schlussendlich dieses Buch geschrieben habe. Das Buch hat mir sehr geholfen, meine schwierige Phase der Brustkrebs Erkrankung zu verarbeiten und das Leben so anzunehmen, wie es nun mal ist. Selbst wenn das Leben zu einem Zeitpunkt «schlecht» scheint, verbirgt sich wunderbarste, reinste Form dahinter – DU selbst! Ich habe die Welt zu diesem Zeitpunkt von einer ganz anderen Seite erlebt. Nun liegt es mir sehr am Herzen, die Menschen auf ihre einzigartige Inspirationskraft aufmerksam zu machen!

SANDRA FLÜCK

NICE TO MEET YOU/ME

WIE BEGEGNUNGEN UNSER ICH FORMEN

Bibliografische Information der Deutschen Nationalbibliothek: Die Deutsche Nationalbibliothek verzeichnet diese Publikation in der Deutschen Nationalbibliografie; detaillierte bibliografische Daten sind im Internet über https://dnb.dnb.de abrufbar.

IMPRESSUM

1. Auflage
Copyright © 2024 by Sandra Flück
Covergestaltung: Michael Kurmann
Lektorat/Korrektorat: Barbara Villiger

Verlag:
BoD · Books on Demand GmbH, In de Tarpen 42,
22848 Norderstedt, bod@bod.de
Druck:
Libri Plureos GmbH, Friedensallee 273, 22763 Hamburg
ISBN: 978-3-7597-9420-8

INHALT

Intro

Wenn du eine Person triffst, welche dich mit ihren Fähigkeiten regelrecht umhaut, sodass du dir wünschst, diese eine Person zu sein; sei nicht neidisch, sondern sei dankbar, dass du dieser Person begegnen durftest. Sie hat einen Funken in dir ausgelöst, welcher es dir erlaubt, deine Persönlichkeit zu erweitern. Sie hat dir geholfen, eine Eigenschaft zu entdecken, die dir gefällt und die du anstreben möchtest. Sei neugierig und lass zu, dass diese Eigenschaft Teil deiner Persönlichkeit werden darf. Finde heraus, wie dir das gelingen kann.

Wenn du eine Person triffst, die dich mit einer bestimmten Art regelrecht auf die Palme bringt, sei nicht abweisend, sondern sei dankbar, dass du dieser Person begegnen durftest. Sie hat dir gezeigt, welche Charaktereigenschaften dir überhaupt nicht entsprechen und du so überhaupt nicht vertreten kannst. Sei erfreut, dass du diese Eigenschaften nicht in dir trägst und sorge dafür, dass sie in dir auch nicht gedeihen werden.

Wenn sich in dir eine Ungewissheit, eine Leere und eine quälende Unzufriedenheit ausbreitet, sei nicht wütend auf dich selbst, sondern sei dankbar für diesen Ausdruck. Dieser Ausdruck ist ein Zeichen dafür, dass dein Geist weiterwachsen will. Er ist bereit für eine Erweiterung. Nutze dies als Chance. Sei fasziniert, dass dein Geist dir Erweiterungen deines Wesens erlaubt und vertraue dieser Stimme.

Diese Grundsätze haben mich schon durch meine bisher schwierigsten und auch schönsten Zeiten im Leben geleitet. Vor allem aber haben sie sich am meisten während meiner grössten Krise bewährt und mir aufgezeigt, dass ich ohne dieses Denken nicht weitergekommen wäre.

Mit knapp dreissig Jahren die Diagnose Brustkrebs zu bekommen und im gleichen Atemzug aus dem Alltag gerissen zu werden, war brutal und hart. Der bekannte Alltag wird mit Chemotherapie ersetzt. Hobbys und Abenteuer werden mit (Bett-)Ruhe ersetzt. Lebensträume werden abwechselnd mit Angst und Hoffnung ersetzt. Es ging Schlag auf Schlag. Trotzdem verspürte ich an keinem einzigen Tag das Bedürfnis, alles hinschmeissen zu wollen. Im Gegenteil. Ich wollte mein Leben nie zuvor so sehr wie in dieser Zeit.

Ich wurde neugierig, denn die Art und Weise, wie ich denken konnte, sah ich plötzlich nicht mehr als selbstverständlich, sondern ich bewunderte sie. Beinahe jeden Tag dachte ich an Szenen, Ereignisse und Begegnungen, aus welchen ich bis heute prägende Eigenschaften ziehe. Ich stellte mir zwischendurch vor, wie gewisse Szenen in meiner Wunschvorstellung optimal verlaufen würden oder wie andere sie erleben könnten. Ich begann, all diese Gedanken, Erlebnisse und Wunschvorstellungen zu einer Geschichte zu verweben und sie aufzuschreiben. Und so erfüllte ich mir einen meiner Lebenswünsche: Einmal ein Buch schreiben.

«Ich bin schön...» – *Schnipp*. «Ich bin stark...» – *Schnipp*. «Ich bin liebenswert...» – *Schnipp*. Diese kraftvollen Worte flüstert Aline sich zu, während sie den Kopf über dem mit Zeitungspapier ausgefüllten Waschbecken hängen lässt. Zwischen jedem Laut drücken Daumen, Zeige- und Mittelfinger die Schere zusammen und lassen mit begleitendem Schnipp-Geräusch ein Büschel Haar auf die gedruckten Zeitungsartikel klatschen. Die Haarbüschel sind nur noch ein bis zwei Zentimeter kurz, da sie ihre lange Haarpracht vor zwei Wochen bei einem Friseur zur Spende gab. Aus ihrer Spende wird nun eine hübsche Echthaar-Perücke für ein Kind gefertigt. Bis heute ist sie verblüfft, wie einfach und unkompliziert das ging und wie sehr ihr diese Spende nun den Anblick ihres Spiegelbildes erleichtert. Sie hofft, mit ihren kommenden Leidensmomenten somit immerhin dem entsprechenden Kind viele Glücksmomente und Normalität zu bescheren. Sie mag den Gedanken, in den nächsten Monaten die strahlenden Augen eines Kindes vor sich zu sehen, sobald sie ihr kahlköpfiges Spiegelbild anblicken würde. Sie richtet sich auf und betrachtet ihre funkelnden Augen.

Dann fährt sie fort: «Ich liebe mich...»

Darauf aber folgt kein Schnipp-Geräusch. Die Finger bleiben starr, der Blick ist abwesend, ihre Gedanken rotieren: «Wer zum Teufel bin ICH und wer ist MICH? Gibt es zwei in mir? Wie kann ICH ein MICH lieben, wobei ich doch nur ICH sein kann? Das macht keinen Sinn.»

Ihre Motorik in den Fingerspitzen hat die mittlerweile gewohnten Bewegungen des Haare-Schnippens wiederaufgenommen, ohne dass Aline es mitbekommen hat. Langsam kommt sie aus ihren Gedanken heraus und nimmt ihr gesamtes Erscheinungsbild im Spiegel wahr. In derselben Millisekunde, in der die visuellen Signale im Hirn angekommen sind und das Bild erkannt wird, stösst Aline ein lautes Lachen aus ihrer Kehle. Sofort schiesst die Hand vor ihren Mund, doch das Gelächter scheint unbeeindruckt.

Sie lacht weiter. «Meine Güte, wie sehe ich denn aus! Eines weiss ich bereits ganz bestimmt: ICH bin auf keinen Fall eine Friseurin. Was für ein Glück für alle Menschen da draussen!»

Doch wer ist Aline nun? Ihr erster Gedanke scheint sich über die Berufung zu identifizieren. Ich bin Friseurin – oder eben auch lieber nicht. Zeitgleich kommen ihr zahlreiche Begegnungen mit anderen Menschen gedanklich zum Vorschein. Die klassische Vorstellung in einem Gespräch. Zum Beispiel: «Hallo, mein Name ist Rob, ich bin 32 Jahre alt, ich bin Banker und Vater, in meiner Freizeit beschäftige ich mich gern mit Modellflugzeugen.»

Diese Informationen verschaffen uns offenbar bereits ein Bild des Gegenübers. Einen Einblick in dessen Person und wer sie ist. In dieser einen Aussage kommt viel ICH vor, aber auch ein MICH... ICH bin, ICH beschäftige MICH... Wer sind diese zwei Definitionen nun? Und das kann doch unmöglich alles sein, was einen Menschen ausmacht. Smalltalk war noch nie Alines Lieblingsbeschäftigung.

Sie liebte es, neue Menschen kennenzulernen und deren Geschichten zu erfahren. Aber das kleinkarierte und vorbereitete Sätzchen in die Welt zu stossen und mit schlürfenden Champagner- oder Chardonnay Geräuschen zu unterbinden, liess Aline noch nie glauben, dadurch einen Menschen kennenzulernen. Doch es ist das, was im Alltag gelebt wird. Zumindest in ihrem Kulturkreis.

Was aber ihrer Meinung nach einen Menschen ausmacht, sind dessen erlebte Geschichten. Begegnungen, die gemacht wurden. Fragen wie: Was ist das Verrückteste, was dir im letzten Monat passiert ist? Was ist das Schlimmste, was dir im letzten Jahr passiert ist? Wo und wann fühlst du dich zu Hause? Was würdest du im Leben gerne ausprobieren, traust dich aber (noch) nicht, es wirklich zu tun? Wer ist die faszinierendste Person, die du bisher kennengelernt hast? Ja, genau solche Fragen wecken eigentlich die Neugier am Gegenüber. Doch im Moment kann sie sich selbst nicht einmal die Definition «Wer bin ich? » in einem schlauen Satz zurechtlegen. Aus ihrer Sicht kann man das auch gar nicht.

Im Spiegel erkennt sie ihren Kopf wieder. Er gleicht mittlerweile einem gemusterten Fussball oder eher einem Stück Wiese, an welchem eine tollwütige Ziege ihre Fresssucht ausgelebt hat. Aline lacht weiter. Sie fühlt sich frei und bereit für den nächsten Abschnitt in ihrem Leben. Einen Abschnitt, der Spuren hinterlassen wird und sie für den Rest ihres Lebens definieren wird - *Schnipp*.

« Ich bin Aline.
Ich bin 29 Jahre alt und habe
Brustkrebs.
Ich bin gelernte Ergotherapeutin
und habe mich durch ein Studium in
Gesundheitswissenschaften
weiterbilden lassen.
Ich habe einen liebevollen Partner
an meiner Seite. Er fasziniert mich
jeden Tag immer wieder aufs Neue.
Ich finde meine Ruhe und meine
Kraft im Sport.
Ich bin bei unglaublich fürsorgli-
chen und liebenswerten Eltern, und
zusammen mit der besten Schwester
der Welt, behütet aufgewachsen.
Ich bin auf der Suche
nach dem ICH »

Mein ICH formen

Aline sitzt eingewickelt in einer Decke auf dem Teppich, der ihren Wohnzimmerboden ziert. Um sie herum liegen sämtliche Geschenke, Grüsse und Genesungswünsche, die sie in den letzten Tagen erhalten hatte. Zahlreiche Pakete und Briefe waren beinahe täglich in ihrem Briefkasten zu finden. Sie ist zutiefst berührt über die herzlichen Gesten und aufmunternden Worte. Die aufrichtigen Wünsche ihrer Freunde und Kollegen bereiten ihr Freude in dieser hektischen Phase ihres Lebens. Der Gedanke, für andere Menschen wichtig zu sein, löst in Aline ein Gefühl der Bestätigung und Genugtuung aus. Ihre Gliedmassen schmerzen und der Kopf brummt. Ihre Konzentration reicht jeweils gerade aus, um einen Brief zu Ende zu lesen, bevor ihre Augen brennen und sich ein dumpfes Ziehen rund um ihre Augäpfel ausbreitet. Dennoch erfüllen sie diese Gesten mit Freude.

Es gibt jedoch zwei Schreibweisen, die sie fast in jedem Brief findet und welche sie irgendwie stören: «Gute Besserung! » und «Bleib, wie du bist! ». Beides scheint ihr völlig absurd zu diesem Zeitpunkt. Gute Besserung zu wünschen, erscheint ihr bei Krebs absolut unpassend – obwohl sie davon überzeugt ist, dass der Wunsch wohl nicht auf die Heilung selbst abzielt.

Sie ertappt sich beim Gedanken: Als wäre mein Krebs einfach wie ein Schnupfen, der nach ein paar mühsamen Tagen im Bett verschwindet und danach ist alles wieder so wie vorhin. Dieser Gedanke entlockt Aline ein herzhaftes Lachen. Als würde ihr Ego um einen Wettstreit bitten, wer nun die schlimmste Krankheit zu bieten hat. Amüsiert über ihren verrückten Verstand schenkt sie sich eine weitere Tasse Tee ein, um die Übelkeit von der Therapie etwas zu dämmen. Der wetteifrige Gedanke ist schnell vergessen, aber über den Worten: «Bleib, wie du bist!» hat sich Alines Blick festgefahren.

«Das ist unmöglich!» stösst sie mit einer wedelnden Handbewegung aus.

«Wie kann man sowas von einem Menschen verlangen?» Die Vorstellung, auf immer und ewig dieselbe Person zu bleiben, passt nicht in Alines Kopf hinein. Sie erinnert sich, diese Worte bereits seit ihren frühsten Geburtstagen immer wieder auf Glückwunschkarten gelesen zu haben. Als hätte sie erstens als zwölfjähriges Mädchen gewusst, wer sie ist, und zweitens Lust, ein Leben lang dieses zwölfjährige Mädchen sein zu wollen. Wenn man diesen Wunsch so wortwörtlich nimmt, klingt das absolut bescheuert. Zugegeben, es muss wohl auch an ihrem aktuell beschränkten „Chemo-Hirn" liegen, dass Aline einen derartigen Gedanken beschäftigt. Doch sie ist der Meinung, er hat was.

Wenn wir für immer bleiben, wer wir sind, wozu haben wir dann die Fähigkeit, zu inspirieren? Ab welchem Zeitpunkt bestimmen wir, die eine Person zu bleiben? Wer bestimmt, wer wir nun bleiben dürfen? Und plötzlich schiessen ihr tausende Situationen durch den Kopf, welche sie in ihrem bisherigen Leben prägten. Alles, was ihr in ihrem Leben und an ihrer Persönlichkeit wichtig erscheint, wurde durch Inspiration erschaffen. Sie wurde, seit sie denken kann, von anderen Menschen und deren Begegnungen inspiriert. Manchmal wollte sie genauso sein wie die eine Person, und manchmal wollte sie alles daransetzen, niemals so zu sein. Sie bemerkt, dass sie heute noch so lebt und ihr ICH anhand von Begegnungen mit Menschen wie auch mit verschiedensten Situationen formt.

Die Geschichten, Haltungsweisen und Ambitionen ihrer Mitmenschen triggern in Aline das, was sie zurzeit braucht oder sucht. Es deckt immer gerade auf, was ihr zu diesem Zeitpunkt wichtig ist, aber sie bisher in sich selbst nicht bewusst gesehen hatte. Je einschneidender die Erlebnisse dieser Begegnungen, desto eher hat sich Aline eine Eigenschaft daraus erschaffen und Werte daraus aufgebaut.

Dasselbe trifft auch auf Situationen zu. Jede Situation erfordert eine Reaktion. Wurde die Situation mit einer entsprechenden Reaktion überstanden, wurde sie provisorisch eingeprägt und gespeichert. Funktionierte diese Reaktion in mehreren Situationen, so entstanden Muster, die quasi dann als Gesamtpaket in wiederum gleichen oder sehr ähnlichen Situationen abgerufen wurden. «Das ist verrückt! » Aline verspürt den Drang, der Sache auf den Grund zu gehen und ihr ICH erkunden zu wollen. Ihr Augenmerk ist nun darauf gerichtet, wie Begegnungen ihr ICH formen.

«Ich bin Aline.
Ich bestehe offensichtlich aus Werten,
Wünschen und Eigenschaften,
die aufgrund verschiedenster
Begegnungen erschaffen wurden.
Menschen wie auch Situationen
inspirieren mich in meiner Persön-
lichkeit und tragen unterschiedlich
intensiv zu meiner Entwicklung bei.
Ich will erkunden, wer ICH bin,
durch WEN und WAS ich so geworden
bin, und WODURCH und WIE ich
weiter werde. »

Mein inneres Team

Apathisch wiegt Aline ihren Blick über den Wellen des Sees. Es hat etwas Meditatives, etwas Ruhiges, sich der willkürlichen, aber doch rhythmischen Bewegung des Wassers hinzugeben. Der leichte Herbstwind tanzt auf der blauen Oberfläche und lässt hier und da eine kleine Welle weiss aufschäumen. Am Ufer rollen die Wellen mit zischendem Geräusch über die rund geformten Steine. Unermüdlich kommt immer wieder eine nach der anderen, ohne jegliche Erschöpfung. Mal sanft, mal kraftvoll. Aline schliesst die Augen und atmet tief die frische Seeluft ein. Dicke Tränen fliessen unwillkürlich aus ihren geschlossenen Augen. Sie hört zwischen den Wellen, wie die Tränen auf ihre Jacke prallen. Tausend Gefühle umringen ihre Brust, hunderte Gedanken rasen ihr durch den Kopf, aber zuhören kann sie keiner dieser Stimmen.

Das Einzige, was sie hört, ist das Leid ihres Körpers. Die Müdigkeit der vergangenen Wochen. Wie ihr Körper unermüdlich wieder und wieder versucht, den angerichteten Schaden zu reparieren. So unermüdlich wie der hiesige Wellengang. Aline rutscht plötzlich ein zynisches Lachen über die Lippen. «Kaum hast du das System einigermassen wieder ins Lot gebracht, kommt der sich so mächtig fühlende Mensch mit seinen Pharmazeutika und mäht innert Stunden wieder alles nieder, was du dir innerhalb von Tagen mühselig zurückerkämpft hast. Das ist doch absurd!» Natürlich wusste Aline, dass das nicht zielführender Zweck, sondern die Nebenwirkung dieser Therapie ist. Trotzdem fühlte es sich in diesen Momenten ganz ehrlich gesagt einfach so an. Sie fühlte grosse Schuld gegenüber ihrem Körper. Abrupt riss sie die Augen auf: «Endlich! Ein lautstarkes Gefühl, das die Konversation eröffnet.» Dankbar stösst sie drei lange Atemzüge über den See und bereitet sich somit aufs Zuhören vor.

Ihr Herz spricht: «Ich fühle mich schuldig, mein über Jahre wohlgehütetes Zuhause zu zerstören. Ich trage die Verantwortung, meinen Tempel zu wahren und zu hüten, indem ich ihn ehre und liebe. Jeden Tag. Jeden Tag mache ich ihn zu einer starken, gesunden und ausgeglichenen Oase, denn er bietet mir ein Zuhause für meine Seele. Wie kann ich es wagen, meine eigenen Mauern abzureissen?»

Aline hört einer ihrer grössten Werte sprechen: Die Liebe zu ihrem Körper. Sie scheint Angst zu haben, das Geschenk ihres Lebens zu missbrauchen und abzulehnen.

Mit dieser Erkenntnis meldet sich eine weitere Stimme aus ihrem Herzen: «Das Leben ist ein Geschenk. Es sind enorme Zufälle, die zusammenkommen; wilde, physische, chemische, naturgewaltige Systeme, die aufeinandertreffen und genau im richtigen Moment ein Wunder erschaffen: ein Lebewesen. Wäre das ganze System nur ein Bruchteil einer Millisekunde später ins Rollen gekommen, würde ein anderer Mensch an diesem Platz sitzen – wenn überhaupt. Meine Zellen haben die Selbstzerstörung gewählt, was mit einem unkontrollierten Wachstum in der Brust begonnen hat. Ich denke, ich habe es nicht verdient, ein langes Leben zu führen.»

Aline erstarrt ab den Klängen dieser Stimme. Sie will aber nicht werten, denn jede Stimme verdient es, gehört zu werden. Offenbar sitzt eine tiefe Angst in ihr, das Leben nicht verdient zu haben.

Die Angst lässt nicht los: «Wieso unterbinde ich den natürlichen Lauf des Lebens, um etwas weiterzuführen, was ich nicht verdient habe? Es wurde mir nicht mehr zugesprochen. Leben ist vergänglich, es steht mir nicht zu, dermassen einzugreifen.»

Gleichzeitig denkt sie an ihre Liebsten: ihre Familie, ihren Partner, ihre Freundinnen und Freunde. Endlich hat sie Liebe annehmen können und deren Kraft erfahren dürfen.

«Ich werde alles verlieren.»

Ihr Herz spricht weiter, plötzlich in ganz anderen Tönen:

«Immer wieder kommen Herausforderungen. Wenn ich es nicht wollte, wäre ich jetzt nicht hier.»

Sofort durchströmt eine warme, mächtige Energie Alines gesamten Körper. Sie ist elektrisiert und geniesst einige Atemzüge lang diese pulsierende Kraft in ihren Adern. Schon als Kind war Aline fasziniert von Herausforderungen. Sie hat sie meist im Sport bewusst erlebt. Erst später in ihrem Leben wurde ihr bewusst, dass sie vieles davon auf ihre alltäglichen Lebenssituationen übertragen hatte.

«Ich weiss nicht, ob mein Körper dieses Spiel lange mitmacht. Was, wenn nur eines meiner Organe nicht mehr kann oder will?», hört Aline eine weitere Stimme rufen.

Sie spürt Zweifel. Zweifel, das durchzustehen und fürchtet, zu versagen. «Ich finde, wir schaffen das. Der Befund wurde früh genug entdeckt, um vielversprechende Massnahmen noch einleiten zu können. Die Therapie scheint massgeschneidert für meinen Fall. Dass wir in dieser Situation stecken, heisst für mich genauso, dass es sein musste, dass der Tumor früh genug erkannt wurde. Ich habe mit meinem Alter, meinem gesamtheitlichen Gesundheitszustand und dem breit aufgestellten Ärzteteam die besten Voraussetzungen auf eine mögliche Genesung.»

Ah, der Meister der Fakten, schmunzelt Aline, als sie die Töne dieser Stimme hört. Eine ihrer vertrautesten Stimmen. Sie weiss diese besonders zu schätzen.

Allmählich breitet sich eine angenehme Stille in Aline aus und sie merkt, dass sich keine Stimme mehr zu melden wünscht. Dankend legte sie sich die Hände auf die Brust und blickte mit neuen Erkenntnissen und zugenommener Zuversicht auf das andere Seeufer hinüber.

«Ich bin Aline.
Ich bin mein inneres Team.
Ich habe Angst, mein wertvolles Leben
zu verlieren.
Ich würdige meinen Körper als Tempel,
der es meiner Seele und meinem Geist erlaubt,
ein Zuhause zu finden.
Ich bin nicht jeden Tag glücklich und fröhlich,
sondern bin auch gelegentlich einmal frustriert
oder überfordert, wenn viele Ereignisse
über mich einbrechen.
Zahlreiche Ereignisse lassen sich jedoch immer
auch in Fakten fassen,
was mich zurück auf den Boden der Realität holt.
Zu Fakten und Erkenntnissen gibt es
unzählige Optionen zur Handlung.
Durch meine Handlungen können Herausforderungen angegangen werden.
Ich habe das Vertrauen, den Herausforderungen,
die mir gestellt werden, gewachsen zu sein.
Herausforderungen kommen dann,
wenn ich bereit dazu bin.
Herausforderungen kommen,
um mich stark zu machen. »

Der Glaube

Heute ist ein wunderschöner Tag für einen Spaziergang. Aline verbringt sehr gerne Zeit im Wald und nutzt die Bewegung, um ihren angeschlagenen Körper so gut es geht in der noch übrig gebliebenen Form zu halten. Nach einem steilen Anstieg erblickt sie einen alten Mann, welcher sich gerade auf einer Bank ausruht. Der Gruss kommt unmittelbar nach dem Blickkontakt.

«JUNGE FRAU! Grüezi wohl! Sagen Sie, ist das nicht schön hier?!» Da der Mann ein seinem Alter entsprechendes Gehör besitzt, schreit er förmlich. Aline muss lachen.

«Guten Tag! Es ist wahrhaftig wunderschön – und anstrengend…» Der Mann scheint nichts von Alines Krankheit zu ahnen. In den kühlen Wintertagen ist sie froh, eine Mütze tragen zu können. Es ist okay für sie, «gekennzeichnet» zu sein, sobald sie das Kopftuch trägt oder ihr kahler Kopf zu sehen ist. Es ist aber auch schön, ab und zu wieder in der Masse untertauchen zu können.

«Anstrengend, ja, das ist es. Wissen Sie, junge Frau, ich gehe jeden Tag diesen Weg und jedes Mal setze ich mich sowohl beim Hin- wie auch beim Rückweg auf diese Bank. Der Körper muss ruhen!»

Aline ist sichtlich amüsiert ab der Vorstellung und auch ab der Offenheit des alten Mannes. Normalerweise ist sie bisher immer an solchen Leuten vorbeigelaufen und hat sich nicht gross auf Gespräche eingelassen. Doch irgendwie ist sie heute neugierig und sie braucht auch eine Verschnaufpause.

So antwortet sie: «Ja, ausruhen hätten so viele Menschen

nötig. Sie machen das hier genau richtig! Man kann nur von Ihnen lernen.»

Die Augen des alten Mannes blitzen augenblicklich auf. «AH!» Ein lauter Schrei kommt aus seiner Kehle, sodass Aline leicht zusammenzuckt.

«Das ist ja einmal etwas Schöööönes! Eine junge Frau wie Sie meint, sie könne etwas lernen. VON MIR! Chapeau aber auch, ich bewundere Sie für diese Aussage und es bereitet mir eine riesige Freude, so etwas zu hören!»

Aline scheint etwas überfordert mit dieser Antwort. Damit hat sie nicht gerechnet. Aber vor allem liegt es vielmehr auch daran, dass der alte Mann so schreit. Ihre Neugierde ist gewachsen. Nur schon um zu sehen, wohin das Gespräch führt.

«Natürlich müssen junge Menschen von den älteren lernen. Ich finde, das ist ein wichtiger Bestandteil unserer Gesellschaft. Erfahrungen sind so wertvoll!».

«Das ist wahr! Aber wissen Sie, junge Frau, DAS hat noch nie jemand zu mir gesagt. HALLELUJA! GOTT SEGNE SIE! Sie sind eine gute Seele!»

Alines Gedanken springen abrupt auf: Was ist jetzt passiert? Die Richtung, in die sich das Gespräch schlagartig entwickelt, hat Aline nicht kommen sehen.

Aber dieser alte Mann hat etwas an sich, was sie noch nicht loslassen kann. Obwohl sie keine Verbindung zum klassischen Bild des Glaubens zu Gott hat, möchte sie erfahren, was der alte Mann noch sagen möchte. Und schon fährt er fort: «Gott sieht alle guten Seelen und bringt sie zueinander. Der Herr ist mein Hirte. Er gibt auf uns acht, stimmt's?»

Aline zögert einen kurzen Moment … Soll sie sich tatsächlich auf diese Unterhaltung weiter einlassen? Ihr Bild des Glaubens ist eher an die Kräfte der Natur gerichtet. Es ist eine Mischung aus Wissenschaft und einem ungeheuer tiefen Respekt zur Natur. Dazu eine kleine Komponente an Energien, die das Universum in sich trägt und für den Menschen unerklärlich bleiben. Das Wort «Gott» braucht sie eigentlich nie. Aber wenn sie jemanden hört, der davon spricht, ersetzt sie das Wort für sich gern mit «Selbstliebe». Das urmächtige schöpferische Potenzial, welches jeder Mensch in sich trägt, sobald er es durch seine Offenherzigkeit in sich entdeckt hat. Jeder Mensch trägt aus Alines Sicht die Macht der Schöpfung in sich. Jeder Mensch kann jederzeit, sobald es ihm bewusst ist, Momente neu erschaffen. Schöpfung kann durch jeden Menschen geschehen, weswegen sie «Gott» in jedem einzelnen Menschen sieht. Doch wie soll sie das diesem alten Mann erklären …

«Ich glaube, dass wir alle Gott in uns tragen» versucht sie folglich kurz und knapp auf seine Weise zu *übersetzen*. Heute ist sie eher in der Stimmung zuzuhören, als grosse Reden zu schwingen. Letzten Endes gibt es ja auch kein richtig oder falsch. Der Glaube lebt davon, dass jeder eine andere Vorstellung davon hat. Respekt voreinander davor zu bewahren, ist essenziell.

Auch wenn sie nicht unbedingt viel mehr dazu sagen möchte, fügt sie trotzdem noch eine Ergänzung hinzu:

«Ich glaube ganz ehrlich nicht an den *einen* Gott, ich glaube viel mehr an die mächtige Energie der Natur und alles, was uns umgibt. Die Energie und das schöpferische

Potenzial liegen in uns, sofern wir an uns glauben.»

Der alte Mann scheint aber nur an die erste Aussage angeknüpft zu haben. Seine Augen strahlen. Und soweit ist das auch okay für Aline. Ein Glaube lässt sich nicht aufdrängen. Muss er auch nicht. Er ist für jeden einzelnen Menschen anders.

«GOTT IST IN UNS ALLEN! HALLELUJAH!» stösst der Mann mit unüberhörbarer Freude aus.

«Er segne Sie, liebe junge Frau! Er hat mich gesegnet und er möge auch Sie segnen! Haben Sie keine Angst, er ist da!» Aline wird gedanklich schlagartig in den kirchlichen Unterricht der Schulzeit versetzt. Es war ihr noch nie angenehm der *einen* Ideologie zu folgen, weshalb sie sich nun auch bei dem alten Mann bedankt, ihm auch alles Gute wünscht und sich verabschiedet. Noch einmal ruft er ihr ein lautstarkes, lachendes «HALLELUJAH! » hinterher. Aline musste schon lange nicht mehr so lachen.

Grundsätzlich ein lieber Mann, er hat ihr nichts getan und ist mit seinem Glauben im Reinen. Es scheint sein Fels in der Brandung zu sein. Den hat Aline auch. Aber sie schreibt es nicht diesem *Gott* zu. Durch den Glauben, dass ein einziger *Allmächtiger* über das ganze Universum herrscht, fühlt sie sich irgendwie ausgeliefert. Als müsste sie immer mitschwimmen und einfach alles über sich ergehen lassen. Weil der Herr es so will.

Doch für diese Theorie fühlt sich Aline viel zu frei in ihrer Handlung. Sie hat nicht das Gefühl, als folge sie einem für sie vorgefertigten Plan. Es ist etwas in ihr, das ihr zu wissen gibt: *es ist gut so* oder *das müssen wir noch ändern*.

Diese Stimme hört sie immer dann, wenn sie tief in sich hineingeht und zuhört. Sie nimmt wahr, was sich für sie gut und was sich für sie nicht gut anfühlt.

Weshalb nur entstehen so viele Kriege und Unstimmigkeiten, nur weil Menschen an etwas anderes glauben? Weshalb ist es nicht einfach gut so, wie es ist? Schliesslich ist es auch in Ordnung, dass jeder Mensch zum Beispiel eine andere Strategie zum Lernen hat. Es ist auch gut, dass jeder Mensch eine andere Meinung zu Jazzmusik hat. Und es ist auch okay, dass jeder Mensch Sport gut oder schlecht für die Gesundheit findet. Weshalb nur war es unseren Vorfahren einst so wichtig, woran die Bevölkerung glaubte? Es muss auf jeden Fall unheimlich wertvoll gewesen sein, wenn man bedenkt, dass deswegen immer noch Kriege ausgetragen werden. Irgendwann wurde Glaube mit Macht vermischt. Aline meint, dass es in den heute geführten Kriegen wohl auch gar nicht mehr um den Disput von Glaubensunterschieden geht. Aber angefangen hat wohl vieles dort.

Viele Meinungsverschiedenheiten führen zu Auseinandersetzungen. Auch im alltäglichen Leben, sei es in Beziehungen oder am Arbeitsplatz. Auseinandersetzungen werden besonders stark, wenn eine Partei nur auf «das Eine» beharrt und dann mit einem Schwall von Argumenten diese eine Sicht unterlegen muss. Aber sehr oft gibt es Kompromisse, sofern der nötige Respekt gegenseitig vorhanden ist. Aline hätte sich bestimmt auch mit dem alten Mann anlegen und ihn zum Teufel jagen können. Schliesslich hat die Wissenschaft einige gute Argumente, die gegen eine biblische Erschaffung sprechen. Doch keine Sekunde lang hat Aline daran gedacht, den alten Mann zurechtzuweisen oder ihn mit wissenschaftlichen Fakten zu bedrängen. Das Funkeln in seinen Augen war einfach so schön mitanzusehen. UND er hat sie ja auch nicht bedrängt. Er war zufrieden mit seiner Einstellung und der Art, wie er die Welt sieht. Und das ist aus Alines Sicht das Einzige, was zählt. Aline hört ihre innere Stimme sagen:

«Kämpfe für deine Meinung, dein Recht und wenn es sein muss, dein Glaube – aber schätze immer ab, zu welchem Preis und frage dich in jeder Situation, ob es dir um die Sache geht oder lediglich darum, den anderen zurechtzuweisen. Entscheide dich immer für den Respekt. Wodurch auch immer es war; wir wurden alle durch dieselben Umstände erschaffen. Wir wurden alle auf demselben Planeten erschaffen. Sehe ich anderen in die Augen, sehe ich auch mir in die Augen. Respektiere ich andere, respektiere ich mich. Entscheide dich immer für den Respekt.»

«Ich bin Aline.
Ich bin mein Glaube.
Der Glaube an eine unerschöpfliche Urenergie,
die uns umgibt.
Der Glaube an mich selbst,
da diese Energie auch in mir steckt.
Der Glaube, jeden Moment entscheiden zu können,
was für mich stimmt und was nicht.
Und der Glaube, fähig zu sein,
alles neu zu erschaffen oder zu ändern,
was nicht mehr stimmt.
Der Glaube, dass jeder einzelne Mensch
diese Energie spürt, aber sie sich anders erklärt.
Der Glaube, dass irgendwann
der gegenseitige Respekt über das
Zurechtweisen wollen hinauswächst
und wir uns alle
mit funkelnden Augen begegnen können. »

Die Blume

Aline ist auf dem Weg zum nahegelegenen Waldrand. Sie trifft sich mit ihrer Freundin Carla. Die beiden kennen sich von der Ausbildung und sind einander seither ans Herz gewachsen. Sie schaffen es nicht mehr sehr oft, sich zu sehen, jedoch können sie sich immer noch alles erzählen und haben einander immer einen Rat zur Seite. Heute benötigt Carla diesen Rat – oder vorerst einmal eine starke Schulter. Ihre Beziehung ist in die Brüche gegangen und sie schien sehr aufgelöst. Aline ist froh, jetzt an ihrer Seite sein zu können. Als sie am Treffpunkt ankommt, ist Carla noch nicht zu sehen.

Aline setzt sich auf einen kühlen, leicht von Moos besetzten Stein und versinkt einen Augenblick in der Stimme des Waldes. Das Rauschen der Blätter, sobald ein kleiner Windstoss durch die Kronen der Bäume streicht. Das ruckartige Rascheln, ausgelöst von kleinen Vögeln, die im trockenen Laub nach Nüssen oder vielleicht sogar Würmer wühlen. Tatsächlich ist auch ein Klopfen eines Spechtes zu hören, wie er wiederholt seinen Schnabel mit vibrierender Frequenz in die Rinde des Baumes vorstösst.

«Na, hast du dich schon wieder in deiner eigenen Welt verloren?» hört Aline eine leicht heisere, aber immer noch zynische Stimme leise klingen.

«Carla, komm her!» Aline springt auf und schliesst Carla sofort in ihre Arme. Sie spürt, wie stark Carla gegen einen emotionalen Ausbruch ankämpft. So löst sich Aline folglich von der Umarmung und schenkt ihrer Freundin einen liebevollen, tiefen Blick in die Augen.

«Lass uns unsere Sorgen im Wald abwaschen, ja?» Carla nickt mit einem zittrigen Lächeln im Gesicht und hängt sich bei Alines Arm ein.

«Was ist denn passiert, meine Liebste? Ich dachte, ihr seid euch über die Trennung einig gewesen?»

«Ja, wir waren uns einig und es hatte auch keinen Zweck, die Beziehung weiterzuführen. Das hatten wir bereits letzten Monat beschlossen.» Carla fällt es schwer, fortzufahren. «Und jetzt bereust du es?» will Aline wissen.

Carla fällt ihr fast ins Wort: «Nein! Dieser Mistkerl soll mir gestohlen bleiben. Ich habe gestern erfahren, dass er mich betrogen hat. Eine kurze Zeit, bevor wir unsere Beziehung beendet haben, hatte er sich bereits mit einer anderen Frau getroffen. Regelmässig. Er hätte es sich ja nicht so ausgesucht, sagte er, und unsere Beziehung wäre ja doch schon so gut wie zu Ende gewesen. Er hatte aber trotzdem die Dreistigkeit, solange mit mir zusammenzubleiben, bis er sich sicher war, dass diese Frau ihn will. Sie sind jetzt zusammen. Einen Monat nach unserer Trennung. Unfassbar. Ich kann mich nicht entscheiden, wie ich mich fühlen will. Ich bin wütend, traurig, enttäuscht, verletzt, glücklich, ihn aus meinem Leben zu haben und verstehe in keinster Weise, wie es dazu kommen konnte!»

Carla zerrt zunehmend an Alines Arm, da sie ihr Schritttempo während der Erzählung immer weiter erhöht hat. «Ach Carla, das ist ja nicht zu fassen! Das hätte ich ihm niemals zugetraut. Ich war ehrlich gesagt sehr beeindruckt, wie ihr eure Beziehung beendet habt damals. Ich hatte mir gewünscht, dass sich alle Paare – wenn – dann so trennen. Doch dieser Wunsch schmort nun in der Hölle.»

«Und da soll er auch hin. Und sie. Beide zusammen, aber lieber nicht zusammen, beide einsam und elend.» Die Wut in Carlas Stimme ist nicht zu überhören.

«Carla, du bist wütend. Lass uns einen Gang runterschalten. Er ist jetzt nicht mehr Teil deines Lebens. Du bist frei, er kann dir jetzt nichts mehr antun. Er kann dein Leben jetzt nicht mehr beeinflussen. Du hast das Steuer wieder.»

«Ich sehe aber verdammt schlecht aus, dafür, dass ich frei bin», zischt Carla zwischen den zusammengepressten Lippen hervor. Darauf folgt ein kurzes, aber ehrliches Lächeln. Aline stimmt auf das Lächeln ein und schaukelt Carla mit jedem Schritt hin und her, als wären sie am Oktoberfest auf einer Festbank. Einen kurzen Moment lachen die beiden im wankenden Gang.

«Ich bin frei, sagst du» gibt Carla kleinlaut von sich.

«Du bist frei, Carla. Was machst du jetzt? Was willst du tun?» Carla wirkt beengt.

«Ich weiss nicht, momentan fühle ich mich nicht fähig, frei zu sein. Ich habe nicht wirklich das Bedürfnis, mich jemals wieder auf jemanden einzulassen. Ich werde mich verkriechen und nie wieder Make-up tragen, sodass mich kein Mann auf dieser Welt mehr daten will. Ich habe keine Lust, wieder zu lieben. Liebe ist nur Schmerz.»

Aline bleibt stehen und zeigt auf die kleine Gänseblume, welche zwischen zwei Baumstämmen erblüht.

«Weisst du, was ich einmal in den Geschichten über den Buddha gelesen habe?» Carla ist sichtlich verwirrt über den wechselnden Kontext.

«Geschichten über den Buddha? Habe ich deine Konvertierung verpasst?»

Aline verdreht die Augen. «Keine Konvertierung. Auch keine sonstigen religiösen Zuwendungen. Du weisst, ich erkenne mich keiner Zugehörigkeit an, aber bin trotzdem neugierig. Das tut jetzt aber nichts zur Sache, lass mich weiterreden.»

«Na gut, entschuldige. Welche Geschichte?»

Aline fährt fort: «Der Buddha wurde einst gefragt, was der Unterschied zwischen mögen und lieben ist. Darauf gab der Buddha zur Antwort: Es ist, als sähest du eine wunderschöne Blume. Magst du die Blume, pflückst du sie. Liebst du die Blume, belässt du sie in der Erde und gibst ihr Wasser.» Alines Gesicht strahlt vor Begeisterung über diese Aussage. Carla versteht nicht.

«Überleg doch mal», meint Aline. «Liebe hat nichts mit Leid zu tun. Liebe hat überhaupt nichts mit all dem zu tun, was wir ihr zwischenzeitlich in unserer Gesellschaft alles fälschlicherweise zuschreiben. Wir fallen in eine Begierde und sind im Glauben, dass das Liebe sei. Wir werden besitzergreifend und erlauben uns, das Leben und die Entscheidungen anderer in die Hand zu nehmen. Doch Begierde ist keine Liebe.» Aline hält kurz Inne und umfasst behutsam Carlas Hand.

«Begierde löst aus, dass wir die Blume pflücken. Wir wollen sie für uns haben, ihr das beste Zuhause bieten, sie an einen Ort bringen, den wir für sie als den besten empfinden. Und wir wollen unser Zuhause aufwerten und allen zeigen, welch Schönheit wir doch eben entdeckt haben. Sie wird für einen Zweck benutzt. Doch Realität ist: Vom Moment an, an dem wir die Blume pflücken, ist sie zum Sterben verurteilt. Wir trennen die Blüte von ihren Wurzeln, nehmen ihr die Fähigkeit, sich selbst zu versorgen, nehmen ihr die Möglichkeit, weitere Wurzeln zu schlagen und somit zu wachsen. Wir haben über ihren Werdegang bestimmt. Man weiss nicht wann, aber sie wird sterben. Genau das passiert auch mit deiner Beziehung, wenn du all deine Hingaben einem bestimmten Output zuschreibst. Sie wird sterben, da kein Mensch ein Leben erträgt, welches nicht selbst gelebt werden darf.»

Aline lässt die Worte einen kurzen Moment durch die frische Waldluft treiben.

«Mit der Liebe ist das anders. Du entscheidest dich, die Blume zu giessen. Du gibst ihr Kraft, weiterwachsen zu können. In welcher Weise auch immer sie es tun wird. Du hast zu ihrer Entwicklung beigetragen. Vielleicht erfreut sie dich an gewissen Tagen mit einer prachtvollen Blüte, mit neuen Blättern oder damit, dass sie den nächtlichen Sturm überstanden hat. Wozu auch immer das von dir gegebene Wasser beigetragen hat, lässt sich nicht sagen. Darauf hast du keinen Einfluss. Es ist dir aber auch nicht wichtig. Es erfüllt dich lediglich mit Freude, dass die Blume noch dasteht und sich weiterentwickelt. Wir können nicht bestimmen, wie Liebe angenommen wird und inwiefern es den Menschen berührt oder gar etwas auslöst. Wir können uns nur dafür entscheiden, Liebe zu geben. Es steht uns nicht zu, zu bestimmen, was der Empfänger mit dieser Liebe anzufangen hat. Das wäre wiederum besitzergreifend und der Begierde zuzuschreiben. Liebe ist eine Energie, mit welcher wir ermutigt werden, über uns hinaus zu wachsen.»

Carla hört ihrer Freundin aufmerksam zu. Obwohl sie es noch nie so betrachtet hat, scheinen ihr diese Worte unheimlich vertraut. Trotzdem steht ihr noch ein bestimmter Gedanke im Weg:

«Das klingt schön, wie du das beschreibst. Manchmal hat man aber den Eindruck, man ist ständig da, man sorgt für die Person, unterstützt sie und gibt ihr jederzeit, was sie braucht. Und dann aber zum Dank wendet sie sich plötzlich von dir ab und geht ihre eigenen Wege, ohne mit der Wimper zu zucken oder wenigstens mit einem Dank, all das Gegebene anzuerkennen.»

«Fällt dir bei dieser Aussage etwas auf?», wollte Aline schmunzelnd wissen.

Carla scheint schlagartig amüsiert zu sein.

«Tatsächlich. Ich verlange Dank. Als würde ich von Beginn an alles nur der Bestätigung wegen tun. Als würde ich auf die Medaille warten mit der Gravur: *herzliche Gratulation, Sie sind ein toller Mensch.*»

Carla verzieht das Gesicht und schlägt sich die Hände vor die Stirn. Zugleich muss sie lachen. Aline kann nicht anders, als ihr die Hände aus dem Gesicht zu ziehen und lachend zu antworten: «Wahre Freunde sind die, die dir einen Spiegel vors Gesicht halten. Sagt man doch so?»

Erfreut über die Entwicklung des Gespräches fährt Aline fort: «Aber ja, du hast Recht, Liebe verfolgt keinen Zweck. Sie verlangt keine Gegenleistung. Wollen wir eine Entlohnung für unsere beharrliche Arbeit, begehren wir und wir erhoffen uns folglich einen Profit davon. Liebe ist der Weiterentwicklung und nicht dem Triumph gewidmet. Sie ist wie ein kleiner Stupser. Denn durch die Energie von Liebe schenken wir das Vertrauen, den Mut und die Neugierde, weiterwachsen zu wollen. Und auch zu dürfen. Es ist aufregend, da man nie weiss, was sich daraus entwickelt.»

«Und komischerweise genügt es aber zu wissen, dass etwas entstehen kann. Irgendwann. Und man erfreut sich, dieses Wissen in den Augen des Empfängers zu sehen – das Feuer ist entfacht.»

«Ja, wunderschön diese Momente, nicht wahr?»

Beide lassen diese Vorstellung durch ihre Köpfe wandern und geniessen dabei den Ausblick in den dichten Wald.

Nach einer Weile meint Aline:

«Was meinst du, wieso wir dennoch durch Liebe einen solchen Schmerz empfinden?» Carla scheint sich diese Frage bereits gestellt zu haben:

«Nun, ich denke, der Schmerz ist der Preis, den wir bezahlen, dass wir die Blume ausgerissen haben. Schmerz wie Neid, Hass oder weitere Ausdrücke sind einzig und allein Produkte aus der Begierde. Liebe kennt dies nicht. Aus wahrhaftiger Liebe entsteht ein wohliges Gefühl von Zufriedenheit. Denn ob die Liebe angenommen wird oder nicht, ob sie ausgenutzt wird oder ignoriert wird; für dich ist nicht wichtig, was sie entfacht. Sie wird das entfachen, wofür der Empfänger bereit ist.»

«Ja», funkt Aline dazwischen. «Und sobald wir uns von diesem Lenkungszwang entkoppeln können, ist Liebe zu geben das leichteste und erfüllendste, was wir überhaupt tun können. Ach Carla, es ist so schön, wie wir uns in unseren Gesprächen verständigen können. Wir haben stets das fehlende Puzzleteil für den anderen bereit.»

«Ja, echt Wahnsinn. Buddha wäre stolz auf uns», meint Carla spöttisch. Beide lachen laut.

«Was nun...?» meint Carla mit ruhiger Stimme.

«Meine Liebste, ich würde sagen: Ertrinke nicht im Schmerz der Begierde, sondern lerne daraus; anstatt die Blume zu pflücken, giesse sie von nun an und erfreue dich an deren Entwicklung. Fang bei dir an, denn hier beginnt es. Wenn du dich magst, stellst du dich auf ein Podest. Du bist stolz darauf, was du kannst, was du vollbringst und erfreust dich daran, diese Schönheit mit Lob zu ernähren. Schwierige Themen sind negativ behaftet und du willst sie verändern. Du strengst dich an, an dir zu arbeiten und das meist nur in der Hoffnung, dann endlich ins Bild der Gesellschaft zu passen. Doch wenn du dich liebst, tiefgründig und ehrlich, sind für dich ALLE deine Eigenschaften ein faszinierendes und einzigartiges Wunderwerk. Du anerkennst, was du kannst und du anerkennst, was du nicht kannst. Du gibst dir das Vertrauen, dass du alles ändern kannst, wenn DU es willst. Ist die Zeit reif für eine Veränderung, wird diese von Begeisterung und Neugierde anstelle von Unzufriedenheit und Verbesserungsdrang angetrieben. Und wenn das Bedürfnis nach Veränderung nicht da ist, verspürst du einzig und allein Dankbarkeit und Zufriedenheit in deinem eigenen Sein. Weil DU DICH so annehmen kannst mit all dem, was da gerade ist. Behandle deine Liebsten gleich; schenke deinem zukünftigen Partner

Liebe und somit Mut, Vertrauen und Neugierde, sich weiterentwickeln zu dürfen. Löse dich von dem Gedanken, Leistung zu erbringen und verschwende somit keinen Gedanken daran, welches Produkt du dir daraus für ihn wünschst. Erfreue dich am Anblick, in welcher Freude und Begeisterung dein Partner erblüht, wenn er entdeckt wie er sich mit seinen eigenen Fähigkeiten weiterentwickeln kann. Du beobachtest vielleicht sogar eine Strategie oder Fähigkeit von ihm, die dir gefällt und du vielleicht auch einmal ausprobieren möchtest. Stimmt die Dynamik, werdet ihr euch so gegenseitig unerschöpflich hochschaukeln und Gipfel eurer individuellen Persönlichkeit erklimmen, die vorhin weit entfernt hinter dichten Wolken lagen. Und wenn du dich traust, dehne diese Lebensweise auf weitere Beziehungen und Begegnungen aus. Deine Kinder, deine Freundinnen und Freunde, deine Eltern, der Postbote, die Fitnessinstruktorin… Die Liste ist endlos, genauso wie das Potenzial jedes einzelnen Menschen. Schenke ihnen das Vertrauen, den Mut und die Neugierde, weiterwachsen zu können, und du wirst täglich wunderschöne Überraschungen erleben.»

«Ich bin Aline.
Ich habe die Fähigkeit, zu lieben.
Ich weiss, dass Schmerz, Neid,
Hass und Misstrauen
Produkte der Begierde sind und
nichts mit Liebe zu tun haben.
Erstmals scheint es ein schmaler Grat
zwischen Liebe und Begierde zu sein.
Doch hat man nur einmal im Leben
bedingungslose, tiefgründige Liebe erlebt,
wird man für den Rest seines Lebens
den Unterschied kennen.
Liebe erfüllt weder einen Zweck,
noch erfüllt sie das Erwartete.
Sie gibt mir die Energie,
in prachtvoller Blüte zu erstrahlen,
neue Wurzeln zu schlagen,
somit Stürme zu bewältigen
und weiterwachsen zu können.
Sie ist da, um den prachtvollen
Wandel und somit das Leben
in uns zu ermöglichen.
Sowohl im Geben
als auch im Annehmen. »

Kampf der Titanen

Es ist ein grauer, kalter Spätherbsttag, wie er sich zu der Jahreszeit in dieser Gegend regelmässig zeigt. Hin und wieder gelingt es der Sonne, einige Schichten des dichten Schleiers zu durchdringen und zeigt sich als verschwommene Scheibe hinter dem Grau. Sie scheint schon beinahe silbrig zu glänzen, bevor sie das Zepter wieder an die dicken Nebelschwaden am Himmel übergeben muss. Aline scheint sich dieser Stimmung irgendwie zu fügen. Sie weiss noch nicht genau, was sie mit dem angebrochenen Tag anfangen soll. Sie hat tausend Ideen, welche sie umsetzen möchte. Andererseits hängt ihr gefühlt ein ganzes Frachtschiff an Trägheit am Leibe. Sie will und sie will doch nicht. Sie weiss was, aber doch nicht was. Wenn sie es doch bloss einfach erst einmal aus der Wohnung schaffen würde, wäre der erste Schritt schon getan. Dessen ist sich Aline mehr als bewusst. Sie starrt auf die Strassen und vorbeigehenden Passanten vor ihrem Garten.

Plötzlich kommt der Energieschub und sie erhebt sich von ihrem gemütlichen Sofa. Sie schreitet zielbewusst auf ihren Kleiderschrank zu, um sich anzuziehen. Doch als die Jeanshose die so bequeme und kuschlig warme Jogginghose ablösen sollte, schweift ihr Blick auf das Bett. Die Hand berührt die dicke Winterdecke. Schon sitzt sie auf der weichen Matratze und lässt sich schlussendlich komplett auf sie sinken.

«VERDAMMT! So geht das doch nicht weiter. Was soll ich denn mit meinen Tagen anstellen? Wo soll ich denn schlussendlich landen, wenn ich täglich zwischen Bett und

Sofa pendle?» Aline verspürt eine Wut in sich, gleichzeitig aber auch eine wahnsinnig starke Hingabe an ihre noch so müden Gliedmassen. Es fällt ihr schwer, sich für eine Stimme in ihrem Kopf zu entscheiden:

«Nun mach doch endlich mal was» gegen «Gib dir doch endlich mal etwas Zeit». Es ist ein nicht enden wollender Kampf heftiger, innerer Dispute und Vorwürfe:

«Wenn du nichts machst, wirst du hier noch verenden. Du wirst dich an dieses Leben gewöhnen und faul werden. Du wirst in deinem Leben nichts mehr erreichen, weil es dir egal ist. Du hast die Chance auf ein zweites Leben erhalten und wirfst sie einfach tatenlos weg. Willst du denn deiner Verwirklichung allen Ernstes so im Wege stehen? Mach was!»

Diese Stimme im Kopf ist unüberhörbar. Natürlich will Aline nicht aufgeben, dieser Gedanke kam ihr seit der Diagnose keine Sekunde lang in den Sinn. Aufgeben war nie eine Option in ihrem Leben. Sie ist der Überzeugung, dass es immer einen Weg gibt – was auch stimmt. Aktuell breitet sich jedoch ein Gefühl in ihr aus, welches nach tiefer Ruhe und Entschleunigung schreit. Der Körper ist am Anschlag und auch ihr Geist scheint langsam eine Pause zu gebrauchen.

«Nun leg dich doch einfach einmal hin. Gestehe dir ein, dass die Energieschübe limitiert sind. Du kannst alles noch erledigen, wenn du wieder auf den Beinen bist. Lass es mich später umsetzen und gewähre mir die benötigte Stille und Ruhe, zu akzeptieren. Ich bin vollgepumpt mit Medikamenten, welche mich in die Knie zwingen. Mir ist übel, ich habe

Kopfschmerzen, mir ist schwindlig, sobald ich nur irgendeine Arbeit verrichten muss. Mir ist kalt und habe kaum noch Energie, mich selbst zu wärmen. Ich kann nicht den Krebs bekämpfen und mich gleichzeitig auch noch um deine Wünsche und Ambitionen kümmern. Dein Ego hat jetzt kein Platz. Gib mir Ruhe!»

Diese Gedanken haben klein und leise begonnen und haben mittlerweile das preschende Feuer der vorherigen, treibenden Stimme auf einen Schlag erloschen. Tränen rollen Aline übers Gesicht. Sie ist müde, sie will sich nicht aufgeben und ihr nicht zu viel zumuten. Der Gedanke daran, dass es eine Zukunft gibt, welche alle Möglichkeiten für sie offenhält, blieb für die letzten Wochen und Monate stumm. Diese Vorstellung war bisher ausserhalb ihres definierten Zeitfensters, in welchem sie sich Gedanken erlaubte. Aber es ist wahr: Aline hat mit grosser Wahrscheinlichkeit ein Leben nach diesem Leid und nach diesem Kampf. Niemand weiss wie sie aussehen wird, aber es gibt eine Zukunft.

Aline erschreckt ab der Erkenntnis, dass sie sich diese Tatsache seit der Diagnose nie laut zugestanden hatte. Auf die Tränen folgt ein lautes Schluchzen und sie lässt alles los. Bis es plötzlich still ist in ihrem Kopf.

Sie gesteht sich ein, dass es nicht ein Kampf der Titanen war, der in ihr bebte, sondern ein natürlicher Reflex zu überleben. Die beiden Treiber sind nicht Gegenspieler, sondern Mitspieler. Wenn der eine zu lange im Feld war, wird er ganz verständlich ausgewechselt, um sich zu erholen. Der andere ist nicht derselbe Spieler, aber genauso nötig und kostbar. Er wird den Gegner mit seinem völlig anderen

Ansatz verwirren und sich somit einen Vorteil verschaffen. Das Ziel des neu eingesetzten Spielers ist genau dasselbe wie das des ausgetauschten. Die Technik der jeweiligen Spieler ist lediglich verschieden. Das ist so betrachtet eigentlich eine fantastische Taktik!

Jeder Muskel in Alines Körper hat sich auf einmal entspannt, die Augen fallen ihr zu und sie schläft mit einem lächelnden Gesicht ein.

«Ich bin Aline.
Ich bin meine Titanen: Feuer und Wasser.
Die Hitze des Feuers belebt meinen Geist und
treibt ihn zu Höchstleistungen an.
Das erfrischende, abgrundtiefe Wasser wiegt
mich in eine gelassene Stimmung und verschafft
mir Pausen, um zu Kräften zu kommen.
Jedes Leid ist vergänglich,
jeder Kampf ist zeitlich limitiert.
Ich sehe, dass sich die Welt um mich herum
unbeeindruckt weitergedreht hat.
Steht meine Welt einen Moment lang still,
hat dies weder Einfluss auf den realen Raum
noch die hiesige Zeit.
Es ist eine persönliche Wahrnehmung.
Mein persönlicher Stillstand ist der Ausdruck
wie sich mein Geist auseinander dehnt,
sich in voller Pracht
ausgestreckt vor mir präsentiert und
mir so Chancen auf neue Herangehensweisen
ermöglicht.
Der Stillstand ermöglicht es mir,
all meine Facetten anzusehen,
diese anschliessend anzunehmen,
um somit schlussendlich zu lernen.
Wie faszinierend ich doch bin! »

Aufgestanden

Die ersten drei der vier harten Chemozyklen sind geschafft. Inzwischen sind sechs Wochen vergangen. Die Therapien erfolgten bisher im zweiwöchigen Abstand, wobei die erste Woche nach der Einnahme der Medikamente zunehmend schlimmer war als die zweite. So sehr die Therapie medizinisch seine Erfolge erzielt, hinterlässt sie ihre Spuren. Der Körper braucht jedes Mal länger, um sich zu erholen – und das obwohl Aline so jung ist. Aline empfindet grössten Respekt und immense Bewunderung für alle älteren Betroffenen, die das mitmachen müssen. Die letzte «grosse Therapie», wie sie es in der Klinik nennen, schiebt Aline eine Woche nach hinten. Ihr Körper produziert unter anderem zu wenig schnell weisse Blutkörperchen nach, was folglich eine markante Schwächung ihres Immunsystems bedeutet. In diesem Zustand kann die anstehende Therapie nicht durchgeführt werden. Der Arzt verschreibt ihr eine Woche Ferien (eine Woche ohne Chemo) und rät ihr, diese Woche auch so zu nutzen. Die Zeit sollte ausreichen, um die Blutwerte wieder in einen sicheren Bereich zu bringen.

Aline ist anfangs etwas erschüttert, da sie mit dem Gedanken spielt, versagt zu haben. Zu schwach zu sein. Gleichzeitig aber ist sie auch unheimlich erleichtert über die Pause. Sie merkt, dass die Pause längst überfällig ist.

Als sie am selben Tag mit ihrer Freundin telefoniert und ihr die Neuigkeiten berichtet, lässt sie sich mitreissen: «Ich fahre morgen für zwei Wochen in die Berge – komm doch mit, du kannst ja jederzeit wieder zurückfahren. Das wird dir guttun!»

Aline gefällt die Idee und will mehr wissen.

«Wohin gehst du denn?»

Claudia antwortet euphorisch: «Ich habe mich bei einer netten, alleinstehenden Bauersfrau gemeldet. Sie hat etwa zwei Stunden Autofahrt von hier entfernt ein grosses Haus mit Garten und ein paar Ziegen. Ich möchte ihr etwas unter die Arme greifen bei ihren täglichen Arbeiten und sie meinte, mir im Gegenzug nebst der Logis die Kräuter und Blumen der Umgebung zu zeigen. Es gibt aber schöne Wanderpfade, die du in dieser Zeit machen könntest. Das Haus ist gross, die Frau hatte sowieso schon zweimal nachgefragt, ob ich denn ganz sicher nicht noch jemanden mitnehmen möchte. Es wäre also kein Problem.»

Aline gefällt die Vorstellung, ein paar Tage in den Bergen zu verbringen. Sie kontaktierte gleich nochmals ihren Arzt, ob das in Ordnung sei.

Am Folgetag sitzen die beiden Frauen bereits im Auto Richtung Berge. Der Verkehr ist relativ dicht und entsprechend ungeduldig sind auch die Autofahrer. Unfreundliche Drängler aber werden beim Überholmanöver durch Claudias schimpfender Handbewegung und Alines freundlicher, winkender Geste ohne Kopftuch beehrt. Wie die Lenker ihre Miene schlagartig änderten, als sie Alines Glatze und fahles Gesicht erblickten, liess die beiden Frauen jedes Mal in schallendes Gelächter ausbrechen. Es war schön, wieder herzhaft lachen zu können.

Auf der Alp werden sie von der alten Dame herzlich begrüsst: «Kommt rein, meine Lieben, es ist so schön, dass ihr zu zweit hier seid!»

Sie lädt die beiden mit winkender Geste in die Küche ein, wo auch schon zwei Tassen Tee bereitstehen.

«Ich habe euch bereits einen kräftigenden Tee aufgebrüht, mit Kräutern aus meinem Garten. Ihr werdet sie diese Tage noch kennenlernen.»

Sofort fühlen sich Claudia und Aline wie zu Hause. Die ältere Dame hat eine unheimlich schöne Ausstrahlung an Zufriedenheit und erfüllt den Raum damit. Es ist, als könne kommen, was wolle; es wird sich lösen lassen. Das ganze Haus hat eine solch schöne Ausstrahlung. Es ist fast schon magisch, denkt Aline. Sie ist fasziniert von ihrer Anwesenheit.

Die Dame reicht Aline mit einer sanften Geste die Hand: «Hallo Liebes, ich bin Aurelia. Wie schön, dass du mit Claudia mitgekommen bist. Ich hoffe sehr, dass du dich die kommenden Tage ausreichend erholen kannst.»

Ihr Blick und ihre Zuneigung dringen tief in Alines Seele ein. Es löst Zuversicht, Geborgenheit und absolute Gelassenheit in Aline aus. Magisch!

«Kommt, ich zeige euch, wo ihr die kommenden Tage übernachten könnt, ihr dürft die Tasse Tee gern mit nach oben nehmen.»

Aurelia macht sich auf den Weg und die beiden Frauen folgen ihr. Den Rest des Tages verbringt Aline zugedeckt auf der Sonnenterrasse. Hin und wieder schläft sie kurz ein. Claudia lässt sich von Aurelia bereits den Umfang des Gartens zeigen und die beiden führen bis in den späten Abend unbeschwerte Gespräche über die Geschichten ihres Lebens.

Am nächsten Morgen wartet der gedeckte Frühstücks-tisch mit zwei friedlich dasitzenden Frauen auf Aline. Sie wird von Claudia munter gegrüsst:

«Na Schlafmütze, wie war deine Nacht?»

«Seit Langem habe ich nicht mehr so gut geschlafen! Erst jetzt merke ich, dass ich wochenlang keinen durchgehen-den Schlaf mehr hatte. Es ist fantastisch!», antwortet Aline aufgestellt. Aurelia legt ihr sichtlich erfreut die Hand auf die Schulter und stellt ihr eine heisse Tasse Kräutertee auf den Tisch.

«Dann fehlt also nur noch das stärkende Frühstück, um die Bereicherung vom kommenden, wunderschönen Tag erfahren zu können.»

Auch Claudia spürt, wie erholt sich Aline fühlt.

«Willst du also heute eine kleine Runde gehen?», will sie von Aline wissen.

«Ja, heute möchte ich die Gegend erkunden. Die Bewe-gung wird mir guttun!»

«Das ist toll! Aurelia zeigt mir heute die Heilkräuter, die sie zum Trocknen vorbereiten will.»

Claudias Augen funkeln vor Neugierde, während sie A-line von ihrem Vorhaben berichtet.

Aurelia ergänzt: «Richtig. Die kommenden Tage werden wir damit beschäftigt sein, eine Sorte nach der anderen zu sammeln, zu trocknen und dafür zu sorgen, dass der Früh-ling neue Sprösslinge zulässt. Du wirst bestimmt vieles ler-nen können und ich erfreue mich an deiner Gesellschaft.»

Direkt nach dem Frühstück bricht Aline auf, ausgestat-tet mit Rucksack, Picknick, Wanderschuhen und Stöcken. Motiviert schreitet sie los.

Als sie am Abend zurückkehrt, findet Aline die beiden Frauen am Küchentisch, singend und lachend, versteckt hinter drei Häufchen abgeschnittenem Kraut und Blumen. Sie sortieren und portionieren die abgeschnittene Ware, um sie in einem nächsten Schritt weiterverarbeiten zu können. Die Frauen sind fröhlich und aufgestellt, Aline aber ist fix und fertig und unzufrieden. Sie sagt nicht viel und nimmt eine Dusche. Als sie abends im Schaukelstuhl vor sich hinschaukelt, setzt sich Aurelia zu ihr.

«Eine solch strenge Miene über einem solch liebevollen Herzen. Wollte dir der heutige Tag keine Bereicherung schenken?», fragte Aurelia bekümmert.

Aline kämpft mit ihren Emotionen.

«Ja! Nein... Ich weiss nicht wieso. Ehrlich gesagt war es ein schöner Tag. Ich wanderte bis zur kleinen Kapelle am Rande des Waldes. Anschliessend fand ich einen erfrischenden Fluss, in dem ich die Füsse gebadet habe. Dann begrüsste ich auf einem Bauernhof sämtliche Tiere, spielte ein wenig mit den Kindern und bekam frische Früchte vom Bauer. Ich wollte noch das Kreuz am Aussichtspunkt erreichen, kehrte aber auf halbem Weg wieder um, weil es mir zu heiss war. Auf dem Rückweg fielen mir all die verschiedenen, noch blühenden Blumen auf und ich wollte sie alle erkunden. Zum Schluss erwischte ich einen unheimlich steilen Abstieg, weil ich den Wanderweg nehmen wollte, der durch die Kuhweide verläuft. Der Bauer hat mir nämlich von seinen schönen Kälbern erzählt und ich wollte sie sehen. Nun bin ich fix und fertig. Es kommt mir vor, dass mir selbst die kleinsten Sachen zu viel sind und dass ich nichts davon stemmen kann. Früher war das anders...»

«Was war denn anders? », wollte Aurelia wissen.

Aline scheint sichtlich bedrückt.

«Ich war so fit! Ich konnte beinahe drei Gipfel an einem Tag erklimmen, konnte eine acht- oder mehrstündige Wanderung problemlos meistern, sogar wenn ich am Vortrag ein hartes Training absolviert hatte. Ich kehrte nie um, weil mir zu heiss war. Mir war nie ein Hang zu steil und ich war nie zu langsam, um Kindern hinterherzurennen. Ich fühle mich schwach und langweilig. Ich bin so nicht zufrieden, obwohl mir sehr bewusst ist, was mein Körper aktuell durchmacht. Ich sehe aber andere Frauen, die sogar älter sind als ich, die während der Therapie viele Sachen unternehmen, sogar arbeiten oder sich auch noch um ihre Kinder kümmern. Ich muss nichts davon stemmen und fühle mich bereits mit der Therapie mehr als genug gefordert... Wieso bin ich nur so unzufrieden?»

«Du scheinst hohe Erwartungen an dich selbst zu haben. Sag, kannst du zu etwas, was du eigentlich gut kannst, auch einmal NEIN sagen und es nicht tun?»

Aline runzelt die Stirn, als würde sie die Frage nicht verstehen können.

«Wieso sollte ich etwas, was ich gut kann, unterlassen?»

Aurelia schenkt ihr ein liebevolles Lächeln.

«Weil du es darfst, meine Liebe.»

Aline schweigt.

Nach einer kurzen Weile lenkt Aurelia ein:

«Du erinnerst mich mit deinem Wesen an meine frühere Zeit. Ich habe früh geheiratet. Wir übernahmen nur kurz darauf diesen Hof, der den Eltern meines Mannes gehörte. Wir hatten unzählige Nutztiere, eine Käserei, verkauften unser Gemüse, Fleisch, Früchte und Beeren direkt ab Hof. Wir liebten unsere Arbeit hier oben und gleichzeitig laugte sie uns aus. Es musste immer mehr werden. Mehr Ackerland, mehr Auslauf für die Tiere, ein breiteres Angebot an Früchten und Beeren … Bis irgendwann einfach immer nur noch ein neuer Arbeitstag anbrach, anstatt wie zu Beginn ein wunderbarer Tag, erfüllt mit Freude und Erlebnissen auf uns wartete. Als mein Mann dann vor einigen Jahren starb, konnte ich mich mehr an unsere gemeinsamen Arbeitstage, die gelungenen Geschäfte und Erfolge erinnern als an lustige und ausgefallene Momente. Nicht, dass wir es nicht schön gehabt hätten – wir waren sehr zufrieden. Nur haben wir lediglich einfach miterlebt, als tatsächlich selbst gelebt. Wir haben das getan, was wir von uns oder was von uns erwartet wurde. Natürlich wurde das immer mehr.»

Aline hat eine solche Offenheit nicht erwartet und ist ein wenig überwältigt.

«Wow, es muss schwer für dich gewesen sein, den Betrieb herunterzufahren und das Ganze ohne ihn weiterführen zu müssen. Das tut mir unheimlich leid», sagte Aline mit leiser Stimme.

Doch Aurelia scheint nicht in diese Richtung hinauszuwollen.

«Die Zeit, in der mein Mann mit seiner Krankheit kämpfte, war die schrecklichste und gleichzeitig aber auch die schönste Zeit meines Lebens. Der Betrieb am Hof war eingestellt und ich war voll und ganz für meinen Mann da. Ich merkte, obwohl kein Fleisch in den Laden kam, keine Früchte verkauft und keine Kunden bedient wurden, ich zufrieden war. Ich merkte, dass mir nichts passiert, wenn ich die Erwartungen nicht erfülle. Vor allem auch, dass vieles passiert, wenn ich mich für meine Bedürfnisse einsetze und das mache, was ich liebe. Alles beginnt sich nach und nach zu einem vorantreibenden Fluss zu fügen. Ich verbrachte die Tage damit, meinen Mann in der Klinik zu besuchen, um mit ihm spazieren zu gehen. Jeden einzelnen Tag. Obwohl es eigentlich immer dasselbe war, war jeder Tag anders. Jeder Tag war besonders und wunderschön. Wir wussten nie, was tatsächlich auf uns zukam und genossen dies schon fast als aufregende Überraschung. Ich wurde wachsam und dankbar.»

Aurelia legt sich eine Hand auf die Brust und beugt sich zu Aline vor.

«Mir wurde die wunderbarste Lehre des Lebens erteilt, liebe Aline, und ich möchte dir diese nun weitergeben: Es spielt keine Rolle, WAS du alles machst, vielmehr kommt es darauf an, WIE du es machst. In einer einzigen Tätigkeit kannst du so vieles erleben, wenn du ihr die volle Aufmerksamkeit schenkst. Wenn du unzähligen Tätigkeiten auf deiner Liste nachzugehen versuchst, weil du ja noch das eine und das andere zu erfüllen hast, wird dir letzten Endes in Erinnerung bleiben, wie schön, ABER unheimlich anstrengend das war.»

Erstaunt über Aurelias Erkenntnis blickt Aline zurück auf den heutigen Tag: Sie wollte so vieles erleben – jetzt, da die Gelegenheit doch da ist. Aber sie nahm am Ende des Tages schlussendlich nur ein negatives Allgemeingefühl mit. Während Claudia vor Begeisterung sprudelte und berichtete, wie sie sich den ganzen Tag um die Kamillenblüten, das Fenchelkraut und den Lavendel gekümmert hat. Nur eine Aufgabe, die sie aber unheimlich begeisterte und das Erlebnis vollständig aufsaugen konnte. Wie gerne hätte sie heute mit Claudia getauscht und so beschliesst Aline, die Tage ab jetzt in Aufgaben zu «portionieren» und diese so aktiv wie möglich zu erleben.

«Ich bin Aline.
Ich bin die Gelassenheit von Aurelia,
die gelernt hat,
dass viel mehr Zufriedenheit entsteht,
wenn man ETWAS mit
voller Aufmerksamkeit macht,
anstelle von: so viel wie möglich.
Wann immer es auch geht.
Es kann sein, dass es Tage gibt, an denen es
nicht möglich ist. An denen es einfach
viele Aufgaben zu erledigen gibt.
Jeden Tag kann ich es aber neu versuchen,
die Aufgaben zu portionieren, um sie aufmerksam erleben zu können. Und auch wenn
ich nur eine einzige Aufgabe am Tag aktiv
erlebt habe, ist dies ein Erfolg.
Mit meiner aktiven Anwesenheit kann ich
die Menschen in meinem Umfeld berühren
und inspirieren. Ich nehme jeden einzelnen
Menschen bewusst wahr und sie mich.
Jede noch so schwierige Aufgabe und Situation wird machbar, indem ich aktiv
anwesend bin.
Weil ich auf diese Weise auch
mein Umfeld aktiviere. »

Atmen: das ist die Realität

«Oh Gott, lass mich nicht sterben; oh Gott, meine Eltern werden ihre Tochter verlieren; oh Gott, ich werde nie Kinder kriegen; oh Gott, ich werde ein Chemo-durchtränktes Leichenwrack sein … Oh Gott, ich werde meinen Liebsten eine gigantische Last sein; oh Gott, ich werde ihr Leben ruinieren …»

Alines Kopf rast mit 300 km/h über die Autobahn und lässt sie für drei Galaxien gleichzeitig Was-wäre-wenn-Theorien aufstellen. Ihr ist schwindlig und ihr Puls rast.

«Oh Gott, ich werde wohl meinen Job verlieren; oh Gott, die ganzen Kosten für eine Chemotherapie …»

Es hört nicht auf.

Alines Körper durchströmt eine gewaltige Wucht an Angst und Trauer. Panik macht sich breit und sie fühlt sich ihrem Gedankenstrom hilflos ausgeliefert.

Es ist aus.

Dieses Szenario blitzt Aline jedes Mal vor ihrem inneren Auge auf, wenn sie heute hektische Situationen erlebt. Ebenso wenn sie Menschen sieht, die in Panik geraten und sich von dieser Stimme aus der Realität reissen lassen.

Ein mit Schlamm vermischter, tobender Fluss, dessen Strudel einen alle zehn Sekunden auf den Grund reisst. Sobald man die Oberfläche wieder erreicht hat, wird man von zahlreichen schwimmenden Ästen und Baumstämmen nach unten gedrückt, sodass man kaum Luft bekommt. So fühlte sich Aline jeweils, als die Panikattacken sie nach der Diagnose überkamen. Ein ausgesprochen passendes Bild wie Aline genau heute, ein paar Wochen nach diesen Attacken, feststellt. Aline sitzt in einem Kurs für Achtsamkeit, genauer gesagt: *Stressbewältigung durch Achtsamkeit.* Dieser Kurs wurde von der Klinik explizit für Krebserkrankte angeboten. Sie hatte keinerlei Erwartungen an den Kurs und jedes Mal verlässt sie die Gruppe mit völliger Überwältigung. Sie ist überwältigt von den Geschichten und dem Mut der anderen. Sie ist überwältigt von dem Unwissen, das sie offenbar noch gegenüber sich selbst hat. Aber vor allem ist sie überwältigt von dem Mann, der diesen Kurs leitet. Es ist irgendwie seine Art, seine Geschichte, aber irgendwie auch sein Wissen und seine unglaubliche Ruhe, Dinge zu vermitteln. Jede Stimmung hat in diesem Raum Platz, egal wie sie ist und es wird auch nicht angefochten. Es ist einfach alles da, was ist. Es ist inspirierend, wie es diesem Mann gelingt, dem Raum dieses wohlwollende Ambiente zu verleihen.

Alle Teilnehmerinnen sind gerade dabei, eine Meditationsübung zu machen. Aline und alle anderen liegen auf einer Yogamatte, teils zugedeckt, teils mit einem Kissen unter dem Kopf. Die Augen sind geschlossen. Der Leiter des Kurses läutet einmal seine Zimbel und beginnt die geführte Meditation.

«Komm mit deiner Aufmerksamkeit in diesen Raum und in deinen Körper. Beobachte deinen Atem wie er deinen Brustkorb hebt, wie er deinen Bauch hebt und wie er durch deine Nase strömt. Lass deine Gedanken, die jetzt gerade auftauchen vorbeiziehen. Wenn sie kommen, lass sie wie Wolken über dich vorbei schweben. Es ist okay, dass sie auftauchen, du darfst sie für diesen Moment jetzt einfach an dir vorbeiziehen lassen. Bemerkst du plötzlich, dass du einem Gedanken gefolgt bist, komme einfach wieder zu deinem Atem zurück. Du kannst es jederzeit wieder neu versuchen, indem du freundlich zu dir selbst bist. Beobachte deinen Atem weiter und folge ihm, vom Eintritt in die Nase bis hin zur kleinsten Zelle, die so deinen Körper mit Sauerstoff versorgt. Sauerstoff ist das Element, was wir uns tagtäglich teilen. Es verbindet uns durch unseren Atem mit den meisten Tieren und Pflanzen wie auch mit anderen Menschen. Der Atem verbindet uns mit der Realität.»

Einen Moment lang lässt er die Teilnehmerinnen ankommen und atmen. Dann fährt er mit sanfter Stimme fort.

«In dieser Übung möchte ich dir heute ein Bild mit auf den Weg geben. Es kann dir helfen, dich mithilfe deines Atems aus Stresssituationen zu befreien. Stell dir vor, dein Leben verkörpert einen Fluss. Manchmal ist er schön ruhig, lädt zum Entspannen ein und führt dich behutsam an wunderschönen Waldrändern und beeindruckenden Felsvorsprüngen vorbei. Du fühlst dich wohl und kannst alles rund um dich herum genauestens betrachten. Manchmal zieht er sein Tempo an und du kommst richtig schnell und dynamisch durch alle Passagen hindurch. Du fühlst dich stark und beflügelt, da du in einem richtig guten Flow unterwegs bist. Manchmal ist der Strom so mitreissend und gar turbulent, dass du regelrecht durchgewaschen wirst. Du schaffst es kaum, dagegen anzukämpfen und kannst die Richtung, in die du treibst kaum noch steuern. Es ist ein sehr erschöpfender Zustand und du vergisst, dass du doch einfach aufstehen kannst und die nächstgelegene Insel zum Ausruhen nutzen kannst. Wenn du den Fluss nämlich jetzt genau betrachtest, merkst du, dass er gar nicht so tief ist wie du geglaubt hast. Du hast nur aus den Augen verloren, dass er eigentlich nur gerade so tief ist, dass du noch gut stehen kannst. Auf der Insel angelangt, kannst du nach Luft schnappen, deine müden Glieder ausstrecken und die verhärteten Muskeln mithilfe der wärmenden Sonnenstrahlen entspannen. Der Fluss fliesst weiter, du kannst ihn nun aus einer sicheren Distanz beobachten und dir ein Bild von der Strömung machen. Du kannst von hier aus sehen, wie viel Holz oder weitere Gegenstände darin treiben. Du kannst von hier aus sehen, woher du gekommen bist und welche Distanz du bisher zurückgelegt hast. Du kannst beobachten und Atmen. Mit jedem Atemzug kommst du mehr zu Kräften und dein Körper wird stärker. Du darfst so lange wie du willst auf dieser Insel bleiben und so viel beobachten, wie du möchtest. Sobald du dich bereit fühlst, kannst du mit einem Lächeln und vollen Kräften wieder in den Fluss eintauchen. Stress hat Einfluss auf deinen ganzen Körper. Sobald der Stress ein Level erreicht, sodass wir uns überfordert fühlen, sind all unsere Sinne getrübt. Wir haben gelernt zu strampeln und zu kämpfen, anstatt aufzustehen und zu atmen. Du aber hast jederzeit die Möglichkeit aufzustehen. Du hast jederzeit die Möglichkeit, auf deinen Inseln das Tempo zu drosseln. Hier gibt es keinen Stress. Hier gibt es nur deinen Atem und dich. Du darfst entscheiden, wann du eine Insel brauchst, genauso wie lange du darauf bleiben möchtest.»

Aline durchströmt ein Gefühl der Freude! So etwas hat

sie noch nie erlebt. Ja ja, man lässt sich immer von allen sagen, «atme, atme», wenn man nervös oder gestresst ist – das versetzte sie bisher aber nur vielmehr in Rage. Doch dieses Bild hat alles verändert!

Es ist vor allem die Message, selbst bestimmen zu können. Wenn ich will, kann ich aufstehen. Ich kann nicht bestimmen, welche Strömung der Fluss heute haben wird oder mit welchem Tempo er fliesst – aber ich kann aufstehen, wann auch immer ich will! Es fühlt sich so an, wie wenn man in einem Traum realisiert, dass man träumt. Auf einen Schlag wird man von solch einem erfüllenden Gefühl durchströmt, im Wissen: Alles, was man nur möchte, einfach tun zu können. Ich kann das im echten Leben eigentlich ja auch, denkt Aline. Es gibt nie eine Garantie, dass dann genau das eintrifft oder ich genau das erreiche. Es gibt auch nie eine Garantie, dass das 1:1 genauso umsetzbar ist, was ich möchte. Aber ich habe in jedem Moment die Möglichkeit zu tun, was ich möchte. Und somit kann ich dann auch annehmen, was kommt, denn ich weiss ich habe mein Bestes gegeben und wenigstens mitdiskutiert. Ich weiss zugleich auch, dass wenn ich mit dem Entstandenen nicht einverstanden bin, jederzeit wieder aufstehen kann. Eine unglaubliche Freiheit!

Das Atmen hat für Aline einen neuen Stellenwert erreicht. Indem sie sich vollständig auf jeden einzelnen Atemzug konzentriert, zwingt sie ihr Gehirn, die Gedanken einzustellen. Wir können nur jeweils eine einzige Sache bewusst (!) machen. Es ist ein mächtiges Tool, um die Gedanken zu beherrschen. Das Atmen ist keine Strategie, Gedanken zu ignorieren, es ist DAS Tool, um Gedanken zu beherrschen und im JETZT zu sein.

«Ich bin Aline.
Ich bin ab und zu gefangen in Gedanken.
Sie hören nicht auf und reissen mich panisch vom schlechten Szenario zum noch schlechteren.
Ich weiss nun, dass ich meine Gedanken bändigen und dosieren kann.
Probleme, Ängste und Sorgen sind Produkte meines Gehirns.
Sie ernähren sich nur von der Zukunft oder der Vergangenheit.
Im Jetzt sind diese Szenarien tatsächlich aber gar nicht da.
Auch wenn mir mein Gehirn sagt, dass sie mit 99-prozentiger Wahrscheinlichkeit morgen eintreffen werden,
werde ich es erst morgen wissen wie auch erfahren.
Ich kann die Richtung des Flusses nicht bestimmen.
Ich kann aufstehen,
die jetzige Situation beobachten und mir eine Übersicht verschaffen.
Und wenn ich es brauche,
kann ich das morgen
– sollte das Problem tatsächlich eintreffen –
einfach wieder tun.
Ich atme, also lebe ich. »

Meine Aufgabe

Ein ganz grosser Teil der gesamten Therapie ist nun schon überstanden – eine grossartige Leistung, die Aline gemeistert hat. Es ist früher Morgen. Aline ist eben erst aus ihrem Schlaf erwacht und liegt mit schweren Gliedern in ihre Bettdecke eingewickelt. Gestern wurde sie nach ihrer Operation aus dem Spital entlassen und konnte die erste Nacht wieder in ihrem Bett schlafen. Aline wird bewusst, dass nun ein weiterer, grosser Schritt geschafft ist. Ohne fest ihren Oberkörper zu drehen, versucht sie mit schildkröten-artigen Kopfbewegungen ein paar frühe Sonnenstrahlen auf ihr Gesicht zu erhaschen. Genüsslich nimmt sie die Wärme auf ihrem Gesicht wahr und stösst dabei ein deutlich hörbarer Atemzug aus.

Sie fühlt sich jedoch nicht so glücklich wie erwartet. Es breitet sich eine Stimme in ihrem Kopf aus, die sie ständig fragt, was sie denn jetzt schlussendlich aus dieser ganzen Situation gemacht hat.

«Was hast du erreicht, was hast du vollbracht, da du doch sozusagen eine zweite Chance zu leben bekommen hast? Für welchen Zweck hast du nun so lange gekämpft?»

Diese Fragen in ihrem Kopf ziehen Aline ziemlich runter. Sie empfindet unheimliche Dankbarkeit, leben zu dürfen. Ihr wurden zahlreiche Dinge bewusst, die sie vorhin so nicht sah. Sie konnte erfahren, was ihr wirklich wichtig ist, was ihr Tag lebenswert macht und worauf sie absolut gut verzichten kann. Doch was soll sie nun damit anfangen?

Aline verspürt ein Gefühl in ihr, das sie auffordert, der Welt etwas zurückzugeben. Etwas, das rechtfertigt, dass sie überleben, solch gute Behandlungen bekommen und so viel Fürsorge und Hilfe erhalten durfte.

«Ich wurde glücklicherweise im richtigen Land, in der richtigen Familie und zur richtigen Zeit geboren. All diese Umstände erlaubten es mir überhaupt, dass ich nun leben darf.»

Ihr schiessen unzählige Gedanken durch den Kopf, was sie auf dieser Welt alles gern ändern würde oder wofür sie sich gern einsetzen möchte. Aber keiner dieser Gedanken lässt sich momentan umsetzen... Sie weiss nicht, wo sie anfangen soll. Ihre tiefe Dankbarkeit verwandelt sich langsam in Schuldgefühle. Sie findet es unfair, dass nicht alle Menschen auf dieser Welt solche Möglichkeiten haben. Sie findet es unfair, dass Machthaber wahllos Dörfer, Städte oder gar ganze Länder zerstören können, nur weil ihr Ego durchtrieben von Habgier ist. Sie findet es unfair, dass Reiche immer reicher und Arme immer ärmer werden. Sie verspürt einen starken Drang, sich auf irgendeine Art für Gerechtigkeit und den Planeten einzusetzen. Es ist unsere Aufgabe, uns um unseren Planeten zu kümmern. Wir sind als Menschen eigenständige Wesen und es steht uns nicht zu, über andere zu herrschen oder andere minderwertig zu behandeln. Es ist meine Aufgabe, für das Richtige zu kämpfen und dazu beizutragen, dass ein Gleichgewicht entsteht.

Inzwischen sind ein paar Tage vergangen. Was Aline auch in diesen Tagen für Pläne geschmiedet hat, um sich für das vermeintlich Richtige einzusetzen – überall fand sie einen Haken. Die Wirtschaft ist durchtrieben mit dreistem Profit.

Oder anders gesagt, die Wirtschaft ist auf Profit angewiesen. Solange das so ist, wird es immer irgendwo einen Haken geben. Sie kam die Tage zum Schluss, nicht fähig zu sein, die eine grosse Weltretterin sein zu können. Dazu ist kein einzelner Mensch fähig. Es ist die Gesamtheit, welche schlussendlich harmonisch formen kann. Einzelne, alleinige Grossmächte führen nur zu einem Ungleichgewicht.

In den vergangenen Tagen nahm Aline verstärkt wahr, wie sich ihr Umfeld verhält. Kleine Gesten anderer berührten sie während dieser Zeit stärker, tiefgründige Gespräche inspirierten sie intensiver und negative Stimmungen beeinflussten sie mehr als sonst. Durch diese Wahrnehmungen begriff Aline plötzlich, dass Veränderungen auch im Kleinen übertragen werden können. Wie diese Wahrnehmungen der letzten Tage sie nun nachhaltig prägten, kann ihre Energie auch andere Menschen nachhaltig prägen.

Es ist gut möglich, dass sie auf hundert Menschen nur einen einzigen durch ihre Art erreicht und in diesem eine prägende Einsicht entfacht. Doch dieser Mensch wiederum trifft weitere, hunderte von Menschen und erreicht dabei wieder einen weiteren, vielleicht sogar zwei.

Aufrichtige Energie eines Menschen kann unheimlich inspirierend sein und Dinge in einem wecken, von denen man nie gedacht hätte, sie zu empfinden. Dessen sollte man sich jedoch sorgfältig bewusst sein. Die Natur schlägt immer mit einer ausgleichenden Bewegung, wie eine Art Pendel, aus. Auf ein Extrem kann nur eine ausgleichende Gegenbewegung in das andere Extreme folgen. Mehr Reichtum führt zu mehr Armut, mehr Lügen führen zu mehr Aufrichtigkeit, mehr Krankheit führt zu mehr Heilung… Das Ausmass, in welchem der Gegenschlag kommt oder in welcher Form und wann er kommt, können wir kaum erahnen. Was wir aber tun können ist, Extreme zu vermeiden, indem wir uns einfach auch mit *genug* zufriedengeben und nicht immer *das Maximum* aus allem ausquetschen wollen. Auch wenn wir mehr aus einer Situation haben könnten, sollte man sich stets bewusst die Frage stellen: «Brauche ich es wirklich in diesem Ausmass oder genügt mir auch etwas weniger?»

Aline stellt sich vor, wie die Welt in diesen Breitengraden mit *etwas weniger* aussehen würde – etwas weniger Reichtum, etwas weniger Leid, etwas weniger Streitigkeiten und Kriege, etwas weniger Egoismus…

Aline träumt; Das würde vielleicht *genug* von allem schaffen: genug zu essen, genug Platz, genug Liebe, genug Auseinandersetzungen, genug Frust. Alles Positive wie auch Negative wäre in einem relativen Verhältnis zueinander, sodass auf keiner Seite Überschuss entsteht. So wäre Leid ertragbares Leid und Glück genügend Glück. Das Positive kann ohne das Negative nicht, sie bilden eine Art gesamte Einheit. Passiert aber beides relativ im selben Ausmass, wird (gesundes) Überleben möglich. So wird Negatives ertragbar und von Schönem ist genügend da, um es von ganzem Herzen uneingeschränkt geniessen zu können.

«Ich bin Aline.
Meine Aufgabe ist es,
ein eigenständiges Individuum zu sein.
Es ist meine Aufgabe, mich zu entdecken
und meine Fähigkeiten aufzudecken,
um mit ihnen Inspiration
möglich zu machen.
Meine Fähigkeiten gehören nicht nur mir.
Sie sind vereinzelt auch
in anderen Menschen versteckt.
Je mehr Fähigkeiten ich in mir entdecke
und anderen zeige, desto mehr Menschen
können so ihre ausbauen.
Bis irgendeinmal irgendjemand Grossarti-
ges damit erreichen kann.
Je mehr Fähigkeiten ich von anderen
sehe, desto mehr entdecke ich in mir.
Es ist meine Aufgabe, den Menschen
zu sehen, mit all seinen Fähigkeiten,
seiner Leidenschaft und Hingabe.
Es ist meine Aufgabe,
in genügendem Ausmass und
mit ewigem Respekt
zu inspirieren und mich inspirieren
zu lassen, damit wir
als Ganzes wachsen können.»

Wer hätte das gedacht

Die Bestrahlung ist nun seit einem Monat abgeschlossen. Aline erinnert sich, wie stark sie während dieser Zeit unter der Behandlung litt. Sie litt mehr, als ihr die Ärzte und umgebenden Fachpersonen anfänglich vorausgesagt hatten. Von diesem angeblichen *Kinderspiel* oder *Katzensprung* war sie gefühlt weit davon entfernt. Vielleicht waren es aber genau auch diese Worte, die Aline so heftig leiden liessen. Sie verspürte schnell das Gefühl, versagt zu haben, schwach zu sein, weil sie nicht gut und stark genug war, diese wie versprochene *einfache* und *lockere* Behandlung wegzustecken. Sie war unheimlich müde, hatte starke Schmerzen an den operierten Stellen und war ernüchtert von der Bewegungseinschränkung im Arm. Sie kämpfte jeden Tag unerbittlich gegen ihre Tränen an, während der Strahlerkopf des Linearbeschleunigers eng um ihre Brust herumfuhr. Ihre Augen waren bei jeder Behandlung der Strahlentherapie mit Tränen gefüllt. Diese Gefühle während drei Wochen jeden Tag auszuhalten, war die reinste Qual für sie. Es griff ihr Selbstbewusstsein und ihre Vertrauensbasis in sich selbst an. Als es dann vorbei war, kam erst noch der Schlag. Während des gesamten Folgemonats erlitt sie eine komplette Erschöpfung. Geistig wie auch körperlich. Es war alles zu viel und sie wusste sich nicht mehr zu helfen.

So liess sie sich komplett gehen, hat kaum gegessen, viel geschlafen und kaum etwas unternommen. Leichte Spaziergänge abends machte sie noch regelmässig. Da passierte etwas Wunderbares. Sie schoss alle in sie einhämmernden Gedanken in den Wind und als sie sich zusprach:

«Ich schere mich einen Dreck darum, wie das jetzt aussieht; mir geht es jetzt schlecht und ich lasse mich jetzt gehen», kam bereits vier Tage später die Kehrtwende.

Sie konnte es sich nicht erklären, weshalb oder was genau geholfen hatte. Doch plötzlich kam die Energie zurück und mit ihr die Lebensfreude und Dankbarkeit. Sie spürte, dass es jetzt wieder bergauf ging. Ihr kam es vor, als hätte sie eine Unmenge an Energie gespart, indem sie diesen Kampf sich ständig aufraffen zu wollen einfach einmal sein liess und geschehen liess, was jetzt auch immer geschehen mochte. Diese Energie floss dann plötzlich vollständig in alles ein, was sie tat. Sie schlief besser, sie ass genussvoller und erholte sich intensiver beim Nichtstun. Mit dieser Erfahrung hat Aline nun ein ungeheures Urvertrauen in ihren Körper zurückgewonnen.

Als würde ihr Körper ihr zuflüstern: «lasse zu, was gerade ist, lass mich diese Bedürfnisse bekommen und ich verspreche dir, wir werden gemeinsam ein wunderschönes Leben erfahren»

Nun ist es für sie in Ordnung, wenn sie sich einmal müde oder schlapp fühlt. Es ist, was ist. Widerstand ist zwecklos oder sogar das Eintrittsticket in die Teufelsspirale nach unten. Annehmen, was ist.

Mit diesen rückblickenden Gedanken sitzt Aline gerade auf einer Bank am Rande des Waldes und blickt zufrieden in die vor ihr liegende Blumenwiese. Sie beobachtet genau jeden Grashalm, jede Blume und alle Insekten, die durch die farbige Pracht tanzen. Sie bemerkt einen Mann, der mit seinem Hund einen Abendspaziergang macht.

Er kommt auf sie zu und grüsst:

«Guten Abend, oh sind Sie ganz allein?»

Aline grüsst zurück und bejaht seine offensichtliche Frage. Der Mann verzieht sein Gesicht.

«Das ist nicht gut!»

Aline muss lächeln und fragt ihn doch prompt, was ihn zu dieser Annahme treibt.

Der Mann fuchtelt mit seiner Hand über dem Kopf.

«Wenn man allein ist, denkt man viel zu viel!»

«Lustigerweise geht es mir seit Kurzem genau eben nicht so. Allein habe ich gelernt zu beobachten. Ich denke nichts mehr.», antwortet Aline schulternzuckend.

Der Mann schenkt ihr trotz dieser Antwort einen offensichtlich bedauernden Gesichtsausdruck. Aline reagiert auf die wandelnden Gesichtszüge des Mannes mit einer direkten Frage:

«Sind Sie denn nicht gerne allein?»

Kopfschüttelnd zieht der Mann seinen Hund zu sich heran. «Um Gottes Willen, nein! Gesellschaft ist so etwas Wunderschönes – am schönsten noch mit solch einem wundersamen Begleiter.»

Er krault den dunkelbraunen Labrador zärtlich am Hals.

«Ja, Tiere sind wundersame Geschöpfe», fügt Aline mit einer nickenden Geste hinzu. Sie liebt Tiere über alles, das war schon als Kind so. Sie haben etwas Bestimmtes an sich, was sich Aline bislang nicht erklären kann. Diese Ruhe und Gelassenheit, abwechselnd mit ihrer mitreissenden Energie und Begeisterung, wenn man sich ihnen zuwendet. Sie urteilen nicht. Sie sprechen nicht. Sie sind einfach da und nehmen jeden Moment neu.

«Ein wirklich wundervoller Begleiter, den Sie da bei sich haben», fügt Aline hinzu.

Der Mann wirkt ausgesprochen zufrieden und es ist ihm anzusehen, wie viel ihm der Hund bedeutet.

Er meint: «Vielleicht kommt ja noch jemand vorbei, der sich zu Ihnen auf die Bank setzt.»

Aline merkt wie sehr sich der Mann gegen das Alleinsein sträubt. Bevor sie sich verabschiedet, fügt sie noch hinzu:

«Ach wissen Sie, es macht mir nichts aus, einen Moment für mich zu haben. Ich geniesse das genauso sehr, wie Gesellschaft zu haben. Ich wünsche Ihnen einen wunderschönen Spaziergang.»

Der Mann wünscht ihr mit einer winkenden Geste dasselbe und verschwindet mit seinem vierbeinigen Begleiter im Wald.

Das ist nicht gut! Die strengen Worte des Mannes widerhallen in Alines Kopf. Sie muss lachen. Irgendwie aber hat er schon Recht, doch auch scheint ihr die Aussage grundlegend falsch zu sein. Zu viel denken ist in der Tat nicht gut! Aber wie so vieles kommt es auf das richtige Mass an. Unsere Fähigkeit zu denken ist ein Werkzeug. Wir müssen lernen, es zu beherrschen. Das heisst, es einzusetzen, es aber auch einzustellen, wann immer nötig. Dieses fehlende Mass an Beherrschung hat sie schon bei so vielen Menschen in ihrem Umfeld beobachtet. Diese Menschen wissen absurderweise aber tatsächlich auch, dass die ganzen Gedankenspiralen schädlich für sie sind. Aber trotzdem wollen sie das Denken nicht aufgeben. Doch wieso?

Aline erinnert sich schlagartig an ihre Kindheit. Sie war

ein sehr verträumtes Mädchen. Wann auch immer keine Interaktion gefragt war, starrte sie ins Leere hinaus und betrachtete das Geschehen um sie herum. Sie schien oft abwesend, doch eigentlich war sie dadurch sehr präsent. Alle um sie herum fragten sie ständig: «Aline, woran denkst du denn? Was beschäftigt dich?» Doch Aline antwortete immer mit «Nichts!» – was ja auch stimmte.

Sie dachte an nichts, sie beschäftigte sich mit nichts. Sie beobachtete. Damals konnte sie es nicht ausdrücken und interpretierte folglich von Mal zu Mal, dass sie, wenn sie schon so träumt, auch denken soll. Dann kam Aline zur Schule. Sie lernte auch da: Wer nicht denkt, ist dumm – sprich schlecht. Rein ihr Denkvermögen wurde beurteilt. Ihre Träume, Vorstellungen und ihre Beobachtungsgabe waren nicht gefragt, ja gar zum Verdrängen verbannt. Die Schule gefiel ihr immer weniger. Sie fühlte sich ständig fehl am Platz, obwohl sie unheimlich gerne neue Sachen lernte.

Aline erhebt sich von der Bank, auf der sie eben sass. Sie hat noch nie ihre Kindheit so gesehen, doch dieser Mann hat sie mit seiner Aussage: «*Das ist nicht gut!*», tiefgründig getriggert.

Das Denken hat in unserer Gesellschaft einen so hohen Stellenwert erreicht, dass wir uns gar nicht mehr daraus befreien können. Es ist schon fast eine Schande, keine Meinung zu einer Sache zu haben oder nicht darüber nachgedacht zu haben. Die einzigen Momente, in denen die meisten es noch schaffen, nicht zu denken, haben sich vielleicht auf Sex, Leistungssport oder sonstige Aktivitäten mit Adrenalinkicks beschränkt. In diesen Momenten ist es uns meist unmöglich, zu denken, da wir vollkommen im Moment sind. Und genau in diesen Momenten sind wir meist ungeheuer zufrieden. Eben WEIL wir im Moment leben und nicht in unseren Gedanken. Unser Verstand ist ein mächtiges Werkzeug. Leben aber können wir nicht darin, Leben können wir nur in der Realität, welche JETZT stattfindet.

Aline hört sogleich einen Moment auf zu denken und betrachtet das saftige Grün unter den Bäumen. Die Kronen der Bäume wie sie im Wind schaukeln. Sie beobachtet die prächtigen Farben und Formen aller Blätter und Blümchen, die sie vor ihren Füssen findet. Es ist erstaunlich und wunderschön! Sie verspürt eine tiefgründige Zufriedenheit und kommt zum Schluss: Jeden Gedanken, den wir hervorrufen, versorgen wir mit Energie. Wird einem Gedanken vermehrt Energie verschaffen, beginnt er sich zu manifestieren. Er wächst, nimmt unseren Alltag und unsere Urteilsfähigkeit ein. Alles, was wir tun, passt plötzlich, um diesen einen Gedanken zu nähren. Schlussendlich verleitet er uns dazu, Dinge nur noch im Sinne dieses Gedankens zu tun. Damit können wir genauso viel Grossartiges wie aber auch Entsetzliches erreichen. Manche würden gar sagen, es ist ein Segen wie auch Fluch. Schlussendlich aber ist es ein Werkzeug, welches wir beherrschen müssen.

Wir allein sagen, wann es gut genug ist. Die Aussenwelt wird uns nie sagen, dass wir aufhören sollen. Hat man etwas toll hinbekommen, wartet schon die nächste Aufgabe – welche man ja dann auch mindestens genauso toll hinbekommen soll. Und dann noch mehr und dann noch mehr.

Auch unser Geist ist durchtrieben von Eifer und will ständig neue Herausforderungen noch besser meistern. Es liegt an uns selbst, unsere Ressourcen im Überblick zu halten und dafür zu sorgen, nicht nur den einen Gedanken zu nähren, sondern hin und wieder ihn einfach fallen zu lassen. Dadurch erschaffen wir uns eine absolute Poleposition.

Wir können neu entscheiden:

Nehme ich den Gedanken wieder auf?

Gibt es inzwischen neue Gedanken, die da sind?

Ist es in Ordnung, ohne diesen Gedanken und kann ich ihn endgültig loslassen?

Ich kreiere somit die Wahl zwischen: wiederaufnehmen, ändern oder loslasssen. So können wir es schaffen, Distanz zu wahren und entsprechend der Lage und unseren Bedürfnissen zu handeln.

«Ich bin Aline.
Ich habe die Fähigkeit zu denken,
aber ich BIN nicht meine Gedanken.
Ich sage, wann es gut genug ist und
wann es Zeit ist,
die Gedanken abzustellen.
Ich entscheide,
wann ich im Hier und Jetzt leben will.
Ich bin viel mehr als nur meine Gedanken.
Ich kann im Hier und Jetzt lernen,
meine Gedanken zu bändigen.
So werde ich zum Meister
meines Erschaffens und bin gleichzeitig
frei von jeglicher Schwermut.
Manchmal muss ich nicht nach einer
Lösung suchen, manchmal muss ich
einfach loslassen. »

Aline ist in Aussortierstimmung. Wie ein tollwütiger Maulwurf mit einer Ordnungs-Zwangsstörung wühlt sie sich durch ihre Sachen. Ihre Wohnung wird Raum um Raum akribisch durchwühlt, indem sie alles wortwörtlich in die Hände nimmt, bevor es das Urteil «behalten» oder «loswerden» bekommt. Sie ist bereits seit drei Tagen nicht von ihrer Mission abzuhalten. Aline geniesst es, diesem Flow nachzugehen. Zudem tut es einfach gut, wieder einmal gründlich auszumisten.

«So viele Sachen, die ich gar nicht brauche...»

Sie schüttelt den Kopf, wenn sie am Ende des Tages den Haufen Sachen sieht, welcher schon über ein Jahr nicht mehr gebraucht wurde. Das ist ihre Strategie: Braucht sie etwas ein Jahr lang nicht ein einziges Mal, kommt es in die Kategorie «loswerden», da sie es ja auch im ganzen letzten Jahr nicht einmal vermisst hat. Es sei denn, es handelt sich um einen persönlichen Gegenstand, der an einen emotionalen Wert mit Erinnerungen gebunden ist. Viele Sachen bringt sie zur Caritas, andere Dinge verschenkt oder verkauft sie für einen kleinen Betrag via Online-Plattformen. Jeweils nur ein winziger Teil, den sie nicht losgeworden ist, entsorgt sie schlussendlich. Aline liebt das Gefühl dieser Leichtigkeit. Ein Stück materielle Freiheit.

Sie muss schmunzeln und jedes Mal an ihre lieb gewonnene Freundin Sivina denken. Sie lebt vollkommen bescheiden und absolut zufrieden in einem Wohnwagen auf einem Campingplatz. Sie ist eine sehr erfolgreiche Frau und lebt nicht so, weil die Umstände es ihr aufgezwungen haben. Sie hat sich bewusst dafür entschieden und Aline findet das unheimlich bewundernswert. Die beiden kennen sich noch nicht sehr lange, aber Aline war bereits seit ihrer ersten Begegnung verzaubert von dieser einzigartigen Ausstrahlung der jungen Frau. Sie lernten sich bei einem Volontärprojekt in Afrika kennen. Das Projekt stellte den örtlichen Ranger für drei Wochen acht freiwillige Helfer zur Verfügung, um die Zäune und kleinen Einrichtungen ihres Nationalparks instand zu halten. Es war Alines erste Erfahrung mit einem solchen Freiwilligenprojekt. Sie erinnert sich noch genau an die Ankunft im bescheidenen Camp: Alle freiwilligen Helfer richteten sich in Zweierzelten ein. Sivina und Aline haben sich ein Zelt geteilt. Viele Nächte haben die beiden kaum geschlafen, da Sivina aufregende Geschichten von ihren bereits erlebten Projekten erzählte. Aline war über alle Masse hinweg beeindruckt. Die Erlebnisse, wie sie Sivina schilderte, waren teilweise so erschütternd und wiederum so erhellend.

«Bitte erzähl mir noch eine letzte Geschichte», bettelte Aline beinahe jede Nacht, nachdem Sivina meinte, dass es langsam Zeit zum Schlafengehen wäre.

«Na gut, eine gibt es noch, aber dann lässt du mich schlafen, okay?»

Aline war sehr stolz wenn sie es schaffte, Sivina noch eine allerletzte Story zu entlocken.

«Deal. Eine Frage brennt mir auf der Zunge: Was war das einschneidendste Erlebnis, das du bisher in deinen Projekten erfahren hast?»

Sie hörte, wie Sivina einen tiefen Atemstoss durch den dunklen Innenraum des Zeltes schickte. Nach einem kurzen

Moment der Stille begann Sivina zu erzählen:

«Ach ja, weisst du, das scheint eigentlich eine sehr banale Geschichte zu sein, aber mir ging dieses Erlebnis bis tief ins Knochenmark und schüttelt mich auch heute noch jedes Mal, wenn ich daran denke... Ich war mit einem eigenen, sehr kleinen Projekt unterwegs. Ich setzte mich für den Stellenwert der Frauen in jenem Dorf und dessen Umgebung ein. Die Frauen dort hatten überhaupt gar nichts zu sagen und hatten sich stets unterwürfig gegenüber ihren Männern und der Gesellschaft zeigen müssen. Das Volk war friedlich und die Männer gaben gut auf ihre Frauen acht, jedoch liess es mich nicht in Ruhe, diese Frauen in einer solch unterwürfigen Rolle zu sehen. Ich kämpfte für ihre Stimme, für ihre Eigenständigkeit und ihre Würde. Ich war voller Tatendrang und felsenfest davon überzeugt, den Frauen ein gutes Vorbild zu sein, indem ich ihren Hauptmännern ab und zu die Stirn bot. Ich erreichte tatsächlich viele Schritte, die die Oberhäupter gewillt waren, einzugehen. Und auch bei vielen der Frauen und Mädchen bemerkte ich bereits einen kleinen Wandel. Bis mich eines Tages eine Frau zur Seite zog und mich verzweifelt anflehte: *Bitte, bitte Sivina, hör auf! Hör auf damit! Weisst du, wenn du hier fertig bist, wirst du von hier fortgehen. Wir aber bleiben für immer und tragen die Konsequenzen jedes Handelns!*»

Sivina hielt kurz inne und Aline spürte, wie sich Sivina in ihrem Schlafsack windete.

«Diese Worte haben all meine Ambitionen und meinen Tatendrang für dieses Projekt in Luft aufgelöst. Ich fragte mich: Was tue ich hier eigentlich?! Ich mache hier mehrheitlich, was ICH für richtig empfinde. Ich kremple den ganzen

Laden um und lasse alle dann in diesem Chaos zurück? Zu keinem einzigen Zeitpunkt habe ich während des ganzen Prozesses darüber nachgedacht wie sich mein Vorhaben überhaupt auswirken wird. Ich war einfach davon überzeugt, dass es so sein muss. Da wurde mir schlagartig bewusst, dass wir nicht einfach aufkreuzen können, Dinge wahllos ohne Verständnis für die Kultur und Lebensweise der betreffenden Menschen ändern können, nur weil es bei uns so läuft und gut ist. Wir vergiften damit die Lebensgrundlage dieser Sitte. Das war das letzte Projekt dieser Art, das ich begleitet hatte.»

Sivina richtete sich auf und sprach mit gefestigter Stimme die folgenden Worte:

«Jetzt bin ich stets mit dem Gedanken dabei, vor Ort eine passende Lösung mit den hiesigen Menschen zu finden. Eine nachhaltige Lösung lässt sich nicht aufdrängen, sie kann nur gehört werden. Bestimmen tun das die Menschen, die diese Lösung auch brauchen.»

Aline war sprachlos. Dieses Erlebnis erschütterte ihr Dasein wie ein Erdbeben.

Auch heute holt sie diese Geschichte immer wieder ein, wenn sie von Hilfswerken oder Förderungsprogrammen liest. Wie nachhaltig ist diese Hilfe wirklich? Aus tiefstem Herzen wünscht sie sich jedes Mal, dass sich diese Hilfswerke dessen Einfluss bewusst sind und in diesem Sinne auch nachhaltig helfen. Jemandem zu helfen, bedingt loszulassen. Es ist wesentlich einfacher, sich von seinem materiellen Besitz zu lösen, als sich von seinen Idealvorstellungen und Ambitionen zu lösen. Hilfe anbieten bedeutet aber grundlegend, für die Hilfesuchenden da zu sein und sie dabei zu unterstützen, an die nötigen Hilfsmittel zu gelangen. Sie auch scheitern zu lassen, anstelle sie auf einen vermeintlich, Erfolg versprechenden Weg zu zerren. Scheitern ist nur schlimm, wenn keiner da ist, der wieder Mut und Vertrauen zuspricht. Es ist nur schwer, wenn über alles ein Urteil fällt. Urteilt die hilfeanbietende Person nicht, urteilt auch die hilfesuchende Person nicht und macht so aus eigener Kraft wieder weiter. Schlussendlich also ist Hilfespenden reines Zusprechen von Mut und Vertrauen. So finden die Träume der Hilfesuchenden eine Stimme und können schliesslich Wirklichkeit werden.

Loslassen.

«Ich bin Aline.
Ich habe gelernt, loszulassen.
Ich bin Hilfesuchende und
Hilfeanbietende zugleich.
Lösungen lassen sich nicht aufdrängen,
sonst sind sie nicht nachhaltig und schlussendlich
wertlos.
Unsere Gesellschaft lebt von Unterschieden,
Diversität und Dynamik.
Sie erblüht wie eine bunt gemischte Blumenwiese.
Biodiversität stärkt jeglichen Flecken Natur und
so ist es auch in unserer Gesellschaft.
Ich helfe, indem ich zuhöre.
Ich helfe, indem ich Zuversicht und
Mut zuspreche.
Ich helfe, indem ich die Hilfesuchenden ermutige,
mir aufzeigen zu dürfen, was sie brauchen.
Mir wird geholfen, indem ich meinen Wünschen
und Träumen Gehör verschaffe und sie
mit meinen Helfern teile.
Dafür brauche ich meinen Stolz loszulassen und
Vertrauen in mich und meine Helferinnen und
Helfer zu schaffen. So erblühen letzten Endes die
Hilfesuchenden wie auch die Helfenden als
individuelle, traumhaft schöne Blumen und
komplettieren damit die Biodiversität
der gesamten Blumenwiese nachhaltig.»

Nachbeben

Eigentlich sollte Aline nun glücklich sein. Alles ist vorbei, die Therapien sind geschafft und der medizinische Befund könnte nicht besser sein. Doch Aline fühlt sich leer und antriebslos. Eine Hülle, die teilnahmslos und lustlos die Aussenwelt betrachtet. Die Welt zieht an ihr vorbei. Der Verkehr drängt sich wie ein wiederkehrender Fluss durch die Strassen. Haufenweise Busse, die den Verkehr aufgrund der Haltestellen wie eine Raupe zusammenstauchen und wieder auseinanderziehen. Velofahrer, welche sich nicht aufhalten lassen und gefährlich schnell durch die Fahrzeuge hindurch manövrieren. Die zahlreichen Menschen auf dem Gehsteig scheinen durch Aline hindurchzuströmen, ohne jeglichen Umriss ihrer Silhouette wahrzunehmen. Alles fliesst, alles steht. Es ist laut, doch Aline hört nichts. Es ist hektisch, aber Aline sieht alles in Zeitlupe. Sie fühlt sich fremd. Als würde sie nicht hierhergehören. Ihr scheint alles fremd. Als käme sie von einem anderen Planeten oder einem anderen Zeitalter und wäre einfach hier ausgesetzt worden. Sie versteht nicht, was sie hier tut oder was sie tun sollte. Ihr scheint, als würde sie das alles hier zum allerersten Mal sehen.

In einer kleinen Querstrasse rechts von ihr entdeckt sie einen jungen Mann, welcher die Passanten um Geld bittet. Die Mehrheit zückt ihr Smartphone, sobald sie ihn sehen, damit es ihnen leichter fällt, ihn zu ignorieren. Andere richten ihren Blick auf den Boden und hoffen, unangesprochen an ihm vorbeiziehen zu können. Der Obdachlose trägt nicht viel bei sich. Seine Jeanshose ist an den Enden unterschiedlich lange abgerissen. Die ganze Hose ist übersät mit dunklen, schmierigen Flecken. Für die aktuelle Jahreszeit ist er ziemlich leicht bekleidet. Oben trägt er lediglich ein verschmutztes T-Shirt und darüber ein zerknittertes Hemd. Eine alte Regenjacke hat er sich als Schutz über die Schultern gebunden. Seine Haare sind kurz und struppig. Er versucht sich immer wieder, die aufstehenden Haare an der Seite glatt zu streichen, bevor er einen nächsten Passanten um etwas Kleingeld bittet. Er scheint höflich und etwas schüchtern. Nicht lange, nachdem ihn Aline entdeckte, steht er auch schon vor ihr und scheint sie was zu fragen. Aline ringt sich aus ihrem Trance-ähnlichem Zustand.

«…Ob Sie mir vielleicht etwas Kleingeld für ein warmes Mittagessen geben könnten?», will der Mann wiederholt wissen. Aline neigt ihren Kopf in eine leichte Schieflage und mustert sein Gesicht. Obwohl er jung ist, prägen tiefe Falten seine Augenpartie. Seine Augen aber wirken wach. Er war vermutlich keine zehn Jahre älter als sie.

«Wie heisst du?», fragt Aline neugierig.

Der Mann hatte wohl nicht mit einer Konversation gerechnet und war eher schon dabei, weiterzuziehen. Er zuckt leicht zusammen, schenkt Aline dann ein sanftes Lächeln und stellt sich vor.

«Ich bin Togo.»

Sein Atem riecht nach einer durchlebten Nacht. Da Aline nicht auf den Namen Togo reagiert, fügt er hinzu: «Aber eigentlich heisse ich Tom. Nur nennt mich so keiner mehr.»

«Wieso denn Togo?», wollte Aline wissen.

«Tom war ein anderes Leben. Wie heisst du?»

«Ich heisse Aline.»

Aline steckt ihre rechte Hand in ihre Jackentasche, um ein paar Münzen herauszukramen.

«Darf ich dich fragen, Tom – Togo, sind die Menschen gut zu dir?»

Togo schien unbeeindruckt davon, wie er behandelt wird, und lacht.

«Letzten Endes kommt es darauf an, ob ich Hunger habe oder nicht. Ob mir warm ist oder nicht. Müssen Menschen dafür gut sein? Es ist nicht ihr Problem, also kümmert es sie auch nicht.»

Er beginnt Aline zu mustern.

«Bist du neu? Ich kann dich paar Leuten vorstellen.»

Aline schüttelt den Kopf und lehnt ab.

«Oh nein, danke, ich habe ein Zuhause. Nur fühle ich mich gerade trotzdem überall fremd…»

Die Münzen, welche sie aus ihrer Jackentasche fischen konnte, ergaben geschätzt vielleicht nur zwei Franken. Trotzdem streckt sie sie Togo entgegen. Seine Augen strahlen.

«Danke! Ja weisst du, wir sind alle gleich und trotzdem allein. Wenn du nicht nach Rezept gelungen bist, fällst du durch das System. Du bist ein Fremdkörper. Tom war nicht gut genug und auch Togo ist nicht gut genug. Keiner wird jemals genügen. Ich weiss nicht, wieso wir das überhaupt sollen.»

Er zählt die kleinen Geldstücke mit konzentrierter Miene und steckt sie anschliessend sorgfältig in einen kleinen Beutel, den er zuvor aus seiner Hosentasche gezogen hatte. Er schliesst die Hände zu einer dankenden Geste und zieht los.

Aline bleibt wie erstarrt an Ort und Stelle stehen. *«Wir sind alle gleich und trotzdem allein… du bist ein Fremdkörper… nicht gut genug…»*

Seine Worte widerhallen unaufhörlich in ihrem Kopf. Auch sie fühlt sich wie ein Fremdkörper. Alles scheint gleich zu sein, doch sie hat sich irgendwie verändert. Nun kommt sie sich vor wie ein Fremdkörper. Sie will zurück ins Leben, doch sie passt nicht mehr hinein. Ihr Platz ist ihr fremd, so wie Toms Platz ihm fremd war. ER hat sich geändert und dafür einfach einen neuen Platz gesucht. Gibt es auch einen neuen Platz für Aline? Sie hat sich ja auch verändert. Natürlich gibt es einen neuen Platz für sie. Schliesslich versucht sie auch nicht mehr, sich in ihr Kinderbettchen zu quetschen – sie ist rausgewachsen. So fühlt sich ihr Geist auch an. Ihre physikalische Welt scheint sich kaum verändert zu haben. Die Umgebung um sie herum blieb gleich, doch ihr Geist ist gewachsen und hat sich massiv verändert. Das Kinderbett ist jetzt nicht mehr das Richtige, es muss ein neues Bett her. Aline ist amüsiert, welche Vergleiche ihr Hirn jeweils immer herbeizaubert.

«Zeit, neu einzurichten! Ein neues Haus für die gewachsene Aline. Ich muss nicht zurück ins Kinderbett, auch wenn es da die letzten Jahre bequem und fantastisch war. Ich bestimme wie mein neues Haus aussieht, sodass es zu mir passt. Das neue Haus hat auch Platz für all meine Liebsten, ich brauche ihnen nur den neuen Schlüssel zu geben. Ich habe gar nichts verloren, sondern gewonnen! Ein neues Zuhause, ein neues Leben. Ich darf mitnehmen und behalten, was ich noch schön finde, und neu schaffen, was besser in mein neues Haus passt. »

«Ich bin Aline.
Ich bin kein Fremdkörper, sondern
ein sich veränderndes Individuum.
Ein alternder Körper,
ein wachsender Geist und
eine heimsuchende Seele.
Veränderung heisst nicht Trennung,
sondern Chance.
Neue Plätze zu erschaffen heisst nicht,
alles Alte wegzuschmeissen.
Es heisst zu wissen, dass es für jeden
individuellen Lebensabschnitt auch
verschiedene Zuhause geben wird.
Ich darf mitnehmen, was ich möchte
und erneuern, wonach mir ist.
Im neuen Zuhause ist es anders,
aber mein Zuhause ist da,
wo meine Liebsten sind.
Mein Zuhause ist da,
wo ich bin. »

Die Trilogie des Lebens

Körper, Geist und Seele. Aline blickt zurück auf ihr vergangenes halbes Jahr. Ihr wird schlagartig klar, was sie alles erlebt hat. Sie hat in vielen verschiedenen Situationen jeweils viele verschiedene Komponenten «gebraucht» und «verbraucht». Es gab nicht *die eine* Bewältigungsstrategie, sondern es war stets eine Kombination. Eine Kombination aus vielem – und doch bestand es schlussendlich gesehen immer aus demselben.

Sie nennt es: Körper, Geist und Seele – die Trilogie des Lebens. Jede einzelne Komponente hat sich in jeder Situation unterschiedlich stark gezeigt. Und jede einzelne Komponente hat ihr in jeder Situation unterschiedlich Energie, Zuversicht und Einsicht verschaffen.

Der Mensch besteht aus drei Komponenten: Körper Geist und Seele. Wir sind vollkommen, wenn wir alle drei nutzen. Der Körper präsentiert uns in einfachster Weise, was Limitationen sind. Physikalische Gesetze definieren Limitationen - die Realität definiert somit Limitationen und unser Körper aus Fleisch und Blut unterliegt ihnen. Wir sind durch unseren Körper also verbunden mit der Realität. Limitationen veranlassen uns zum Träumen und Denken. Dies gelingt uns mithilfe unseres Geistes. Der Geist verbindet uns mit der Welt des Unmöglichen. Mit ihm können wir der Realität entfliehen und sind frei. Durch den Geist gelingt es uns, in völlig anderen Universen zu leben, Träume zu haben und uns Wissen anzueignen, um die Realität zu formen. Durch das leidenschaftliche Verfolgen von

Träumen kommen wir urplötzlich in Verbindung zu uner-
schöpflichen und mächtigen Energien, die Dinge geschehen
lassen, was wir uns teilweise nicht erklären können. Wir
nehmen die Energie wahr; und das ermöglicht uns einzig
und allein unsere Seele. Sie ist verbunden mit den tiefen Ur-
energien, welche wir weder steuern noch erklären können.
Aber jede/r hat schon einmal irgendein Erlebnis gehabt, indem er/sie ratlos war, wie so etwas nur möglich war.

Ein Ungleichgewicht oder ein strenger Fokus auf nur eine
dieser drei Komponenten lässt uns eingehen. Alles wird
schwer und wir müssen uns «durchs Leben boxen» – durch-
halten, sich wieder aufraffen, ständig wieder neu und
schneller ans Limit kommen.

Leben wir nur im Körper, fühlen wir ständig nur Limiten. Es fehlt die Komponente, physikalisch Unmögliches
anstreben zu können, Träume wahr werden und somit die
Energie fliessen zu lassen.

Leben wir nur im Geist, geht uns irgendwann die Energie aus, weil wir keine mehr durch die Seele schöpfen können und die Limiten des Körpers überhört werden. Wir verlieren den Bezug zur Realität und somit zum Machbaren.
Wir werden ungeduldig und folglich unzufrieden.

Leben wir nur durch die Seele, fehlen uns die Grenzen,
die uns wiederum träumen lassen, um die geschöpfte Energie einsetzen zu können. Unser Funke erlischt.

Es liegt an uns, zu entscheiden, wann und wie stark wir jede
Komponente einsetzen. Jede Situation bedingt eine andere
Kombination. Es ist wichtig zu verstehen, dass nicht eine

einzige Komponente das Universaltool ist, sondern die Kombination dieser drei Komponenten unser Universaltool ist. Sorgen wir also für unseren Körper, mit gesunder Ernährung, Bewegung und Erholung. Sorgen wir für unseren Geist, indem wir neugierig sind und träumen. Sorgen wir für unsere Seele, indem wir Achtsamkeit praktizieren.

Der Frühling steht vor der Tür. Alines Körper erholt sich jeden Tag ein bisschen mehr von den Strapazen der vergangenen Monate. Die Haare auf ihrem Kopf fangen wieder an zu wachsen. Sie fühlt sich wie eine aufblühende Blumenwiese.

Aber nicht nur äusserlich. Auch innerlich ist es anders. Sie fühlt sich neu, wach und voller Energie. Als wäre ihr in einem Traum bewusst geworden, dass sie träumt. Alles um sie herum erscheint heller, farbiger, intensiver und absolut lebendig. Sie verspürt eine immense Dankbarkeit, in allem, was sie tut. Selbst bei den kleinen Ärgernissen im Alltag zucken ihre Mundwinkel nach kurzem, bitterbösem Schimpfen und hinterlassen unmittelbar danach ein Lächeln auf ihrem Gesicht. Etwas ist anders als früher. Wird sie heute wütend, ist es als würde sie dieses Phänomen wie ein Kleinkind beobachten. Mit grossen, faszinierten Augen beobachtet sie aufmerksam, wie diese Wut aufkommt und was sie in ihr auslöst. Das klappt bei jeder Emotion, die ihr neuerdings widerfährt. Egal, ob sie dies schon hunderte Male empfunden hat; sie merkt, dass jeder Glücksmoment, jede Auseinandersetzung und jede Unstimmigkeit in sich wieder anders ist und mit sich auch eine völlig andere Körperempfindung auslöst. Sobald sie der Empfindung bis ans Ende gefolgt ist, blitzt das Lächeln in ihrem Gesicht auf. Sie kann es kaum zurückhalten. Irgendwo in ihrem Brustkorb entwickelt sich ein erfrischendes und lebendiges Kribbeln, welches sie zum Lächeln verleitet. Als hätte das Kleinkind entdeckt, wo die ganzen Süssigkeiten versteckt sind und nun weiss, wie es diese ab jetzt erreichen kann. Zudem überzeugt davon, dass es noch mehr davon gibt, man muss eben nur suchen.

Aline merkt, dass sie nicht nur von anderen Personen fasziniert und inspiriert werden kann – sie kann es auch bei sich selbst! Sie begreift, dass es völlig unmöglich ist, sich selbst umfassend zu kennen und vor allem zu definieren – denn wir können das nur für den einen Moment. Morgen haben wir vielleicht schon unbewusst etwas Neues entdeckt und dazugelernt. Morgen reagieren wir vielleicht schon anders auf genau dieselbe Situation. Niemand ist immer gleich, sowie kein einziger Moment jemals derselbe ist.

Wir bringen die Menschen zum Stillstand, wenn wir ihnen ständig sagen, wie sie sind. Wie wir zu glauben scheinen, wer sie sind. Dabei ist diese Wahrnehmung nur ein Abbild eines einzigen Momentes. Sobald wir beginnen, einem Menschen zu sagen, wer und wie er ist, halten wir ihn in diesem einen Moment gefangen. Er kann sich ändern, wird aber sehr wahrscheinlich immer am Muster festhalten, für immer dieser eine zu sein, Amen. Dabei entwickeln wir uns täglich weiter und können uns selbst wie auch unsere Mitmenschen jeden Tag aufs Neue kennenlernen! Jeden Tag neue Süssigkeitsverstecke aufdecken! Kann sein, dass es an gewissen Tagen keine neuen Verstecke gegeben hat. Das heisst aber nicht, dass es nie wieder welche geben wird. Man weiss es schlussendlich einfach nicht. Ob es welche hatte, war genauso wertvoll, wie dass es heute keine hatte. Beides ist eine Erkenntnis und beides trägt Erlebnisse mit sich, die man erfahren durfte.

Aline hat also gelernt, dass ihr ICH nicht IST, sondern WIRD. Mit jedem Moment kann sie wachsen. Es gibt kein definitives ICH BIN. Es ist ein dynamisches Spiel des Lebens, was jeden Tag durch neue Begegnungen geformt wird!

Bleib neugierig!

DANK

Dieses Buch ist ein Dank an mein Leben und welche Geschichten es schreibt! Ein Dank an diejenigen, die dafür gesorgt haben, dass ich leben darf. Es gibt Menschen, die auf ihrem Weg mehrmals geboren werden – ich zähle mich zu einem von diesen Menschen.

Dank an meine Eltern, die mir das Leben geschenkt haben! Ihr habt mich auf den Armen getragen, mich aufgestellt und mich ziehen lassen. Bei euch wird immer ein Zuhause sein – egal wo ihr seid!

Dank an meine Schwester, die mich erdet! Du bist das Herz, das mich wortlos versteht. Du bist die Seele, die mich in tiefster Ebene umarmt. Du bist der Teil, der mein ICH komplettiert.

Dank an die Liebe meines Lebens – Du hast mir die Welt geschenkt! Du bist das pulsierende, sprudelnde und elektrisierende Universum, das mich umgibt. Du erweckst alles in mir, selbst wenn ich am Ende meiner Kräfte stehe. Wenn du wächst, wachse ich. Sehe ich in deine Augen, sehe ich meine.

Dank an das ganze St. Anna Luzern Team der Onkologie, wie auch umgebendes Ärzte-, Pflege- und Care Team! Was ihr leistet ist grossartig und lässt sich nicht in Dank ausdrücken! Ihr habt mir mit eurer Fürsorge ein zweites Leben, Hoffnung und Zuversicht geschenkt!

Danke Mike, für die fabelhafte Covergestaltung!
Danke Barbara Villiger für deinen eifrigen Einsatz im Lektorat & Korrektorat!

Dank an DICH, dass du meine Geschichte gelesen hast! Du hast mir damit ein riesiges Geschenk gemacht..!

SPENDENPROJEKT

Den gesamten Erlös dieses Buches spende ich an PluSport Behindertensport Schweiz. PluSport ist das Schweizer Kompetenzzentrum für Behindertensport und als Dachverband engagiert für Sportler mit Behinderung. PluSport fördert vom Breiten- bis zum Spitzensport – für alle Altersgruppen, Behinderungsformen und Sportarten – stets mit dem Ziel, Integration und Inklusion zu ermöglichen.

Mehr Informationen sind unter: *www.plusport.ch* zu finden.
Zudem auch unter folgenden Kanälen:

Instagram, YouTube, LinkedIn und Facebook

Ich bin überzeugt, dass Sport unzähligen Menschen ein Anker im Leben ist. Sport verbindet, gleicht aus und kann ein Sprungbrett in eine neue Welt sein. So kann es gar die treibende Kraft sein, die einen neuen Sinn im Leben verleiht.

Ich glaube, jeder Mensch kann mit seinen Begabungen etwas bewirken. Manche grosses, manche kleines. Es muss nicht immer gross sein. Ich habe mir mit diesem Buch zwei Wünsche erfüllt: einmal ein Buch zu schreiben und der Welt etwas geben zu können. Das Schreiben dieses Buches hat mir geholfen, so soll das was dabei rauskommt nun auch anderen helfen! Sei es der Ertrag, die Geschichte oder die Idee des Buches, die schlussendlich irgendetwas bewirkt. Ich kann es nicht steuern, ich kann es nur versuchen und daran glauben.
Ich wünsche Dir alles erdenklich Gute, beim Verwirklichen deiner Träume!